LA SPOSA RILUTTANTE

SERIE SUI MÉNAGE DI BRIDGEWATER - 6

VANESSA VALE

Copyright © 2019 by Vanessa Vale

Tutti i diritti riservati. Nessuna parte di questo libro può essere riprodotta o trasmessa in qualunque forma o mezzo, elettrico, digitale o meccanico, incluso ma non limitato alla fotocopia, la registrazione, la scannerizzazione o qualunque altro mezzo di salvataggio dati o sistema di recupero senza previa autorizzazione scritta da parte dell'autore.

Vale, Vanessa
Titolo originale: Their Reluctant Bride

Cover design: Bridger Media
Cover graphic: Bigstock- John Bilous; Period Images

ISCRIVITI ALLA NEWSLETTER

Unisciti alla mailing list per essere informato per primo su nuove uscite, libri gratuiti, premi speciali e altri omaggi dell'autore.

http://vanessavaleauthor.com/v/db

1

*E*MILY

Ero così nervosa che riuscivo a malapena a riprendere fiato. Il cuore mi batteva così forte che avevo paura mi sarebbe balzato direttamente fuori dal petto. Avevo le dita che formicolavano e la fronte imperlata di sudore. Cercando di trarre un respiro profondo, sollevai una mano e bussai alla porta.

Che poi, li avrei trovati in casa? Era l'ora di pranzo, per cui magari stavano mangiando assieme agli altri. *Avrei* dovuto avere fame anch'io, ma non ero stata in grado di mangiare un solo boccone per tutto il giorno. Mi ci era voluto tutto quel tempo per racimolare abbastanza coraggio da venire lì. Ero stata sul punto di far voltare il cavallo più di una volta. Mi lanciai un'occhiata alle spalle mentre attendevo; l'immensa distesa del Ranch di Bridgewater era una vista sbalorditiva. In lontananza, riuscivo a scorgere un'altra casa e sapevo che le stalle, il fienile e altre strtutture si trovavano sull'altopiano. Come tutti gli edifici sulla proprietà, erano poste a una buona distanza l'una dall'altra per questioni di privacy. I terreni non mancavano sul Ranch di Bridgewater.

Sentii dei passi e mi voltai di nuovo di scatto, mentre la porta si apriva. Strinsi le dita.

«Signora Woodhouse.» Il signor Tyler si asciugò le mani su un canovaccio e, a giudicare dal modo in cui inarcò un sopracciglio biondo, era chiaro che non si fosse aspettato la mia visita. «Siete uscita presto. Stavamo giusto terminando il pranzo. Vi prego, entrate-»

«Sono d'accordo,» sbottai io. Non riuscivo più a trattenermi, temendo che, se l'avessi fatto, o avrei cambiato idea o avrei perso la testa. Era pietrificante, la loro offerta di matrimonio, ma non avevo molta scelta e il signor Tyler e il signor Xander potevano andarmi bene. Osservando quanto fosse bello l'uomo che avevo di fronte, coi capelli chiari scompigliati, gli occhi azzurri puntati solamente su di me, le labbra piene che si piegavano verso l'alto in un mezzo sorriso, sarebbe potuto andare decisamente bene. Se solo non fossi stata tanto spaventata dalla proposta.

«Siete d'accordo?»

Chiusi gli occhi per un istante, traendo un respiro profondo. Ce l'avevo fatta, avevo avviato la conversazione, per cui la tensione che provavo nel petto si alleviò, almeno un poco. Ciò non significava che non mi avrebbe respinta, o che il signor Xander sarebbe stato d'accordo. Era passato un giorno intero. Magari in quel lasso di tempo avevano cambiato idea. Che cosa avrei fatto allora? «Con la vostra offerta. Al farmi scopare da entrambi voi. Sono d'accordo.»

Lui mi fissò con una tale intensità che dovetti distogliere lo sguardo. Era la primissima volta che avessi mai pronunciato la parola *scopare* e mi faceva strano. Era il termine che avevano usato loro il giorno prima. Non coito, non rapporto sessuale. Scopare. Risucivo a sentirmi arrossire e mi chiesi se mi sarei mai sentita a mio agio a dirlo.

«Credo che Xander vorrebbe sentirvelo dire. Vi va di entrare?»

Annuii e, mentre lui faceva un passo indietro, lo superai nell'ingresso. Il suo profumo pulito riempiva l'aria ed io lo inalai. Non puzzava di alcol come Frank.

«Xander!» chiamò.

Sentii dei passi al piano di sopra, poi scendere lungo le scale. La casa era molto grande, specialmente quando quei due uomini ne occupavano tutto lo spazio, ma non era loro. Era la casa di Kane e Ian, assieme alla loro moglie Emma. Loro erano andati a Billings per qualche giorno, lasciando la loro bambina piccola con Andrew, Robert ed Ann. Il signor Tyler e il signor Xander sarebbero stati nella casa libera, mentre facevano visita alla cugina del signor Tyler, Olivia. Io ero grata del fatto che non fossero stati ospiti a casa di lei, dal momento che non avrei avuto la privacy di cui godevo in quel momento. Quella conversazione era già abbastanza difficile senza dei testimoni.

Sollevai lo sguardo e osservai il lungo corpo snello del signor Xander comparire un gradino alla volta. Fui in grado di godermi la sua vita sottile, le dita lunghe, il petto muscoloso prima ancora di vedere il suo viso. Fu difficile distogliere lo sguardo dalla sua mascella scolpita, dalla barba scura e dalle sopracciglia ben disegnate. Le poche volte in cui avevo visto quell'uomo, mi aveva guardata con una tale intensità che era stato difficile non agitarmi sul posto.

«Signora Woodhouse,» mormorò, fermandosi di fronte a me, leggermente troppo vicino.

Mi rifiutai di indietreggiare, di far sapere a quell'uomo che fossi leggermente intimidita dalla sua presenza. Non era perchè avessi effettivamente *paura* di lui; non mi avrebbe fatto del male. Mi preoccupavo dell'effetto che aveva su di me. Il mio agitarmi sul posto era dovuto in parte alla mia attrazione per lui. Non ci ero abituata e faceva... paura.

«La signora Woodhouse ha detto di sì,» gli disse il signor Tyler.

Invece di sollevare le sopracciglia sorpreso, il signor Xander assottigliò lo sguardo, come se avesse trovato la preda finita nella sua trappola e non ci fosse stata via di fuga.

«Davvero? È così, signora Woodhouse?» La sua voce era profonda, oscura e prometteva cose altrettanto oscure. Quello non era un uomo gentile; era a malapena addomesticato.

Piegai indietro la testa per guardarlo, dal momento che era quasi venti centimetri più alto di me. Mi leccai le labbra e mi schiarii la gola e le parole ci rimasero intrappolate dentro. «Accetto di sposarvi.»

«Entrambi?»

Sapevo ormai da circa metà anno che cosa significasse essere una sposa di Bridgewater, da quando Olivia me l'aveva raccontato per la prima volta. Inizialmente, ero rimasta sconvolta, in quanto all'epoca non avevo provato interesse nemmeno per quell'unico marito che avevo e non vedevo la necessità di averne due. Ma ora...

«Entrambi.»

Lui si avvicinò ed io indietreggiai. Ancora. La mia schiena si scontrò con la porta chiusa e lui si chinò in avanti, appoggiando gli avambracci ai lati della mia testa. Il suo fiato caldo mi colpiva il collo. Sapeva di menta peperita e fuliggine. Il suo corpo non mi toccava in alcun modo e sapevo che se avessi fatto un respiro profondo, la punta dei miei seni gli avrebbe sfiorato il petto.

«Comprendi che cosa comporterebbe?» mormorò. «Qualunque cosa tuo marito abbia o non abbia fatto con te è sepolta assieme a lui. Noi abbiamo le nostre aspettative per una moglie e le abbiamo condivise con te ieri.»

Lanciai un'occhiata al signor Tyler, tuttavia mi sentivo circondata dal signor Xander. Erano troppo grandi, troppo alti, troppo... maschi. Mi ricordavo fin troppo bene quali fossero tali aspettative. Quando mi avevano accompagnata al mio ranch il giorno prima proponendomi un matrimonio, non li avevo rifiutati né avevo accettato. Conoscevano la situazione disperata in cui mi trovavo – se non altro in parte – ed erano stati onorevoli nell'offrirsi. Ciò che non sapevano era che i debiti di gioco di Frank superavano di gran lunga ciò che lui doveva alla banca. Doveva dei soldi anche ad un uomo di nome Ralph che si era fatto vivo a sua volta. Lui non era onorevole affatto. In effetti, la somma che Frank gli doveva sarebbe bastata a farmi lavorare sdraiata sulla schiena per mesi per ripagarla. Ralph non credeva che il debito potesse essere sanato con la morte di mio marito.

«Che cosa mi hai detto un attimo fa?» domandò il signor Tyler, distogliendomi dai miei pensieri su Ralph.

Mi leccai di nuovo le labbra e cercai di placare il mio cuore impazzito, ma il signor Xander era una gran distrazione.

«Vi sposerò... e, e... vi scoperò entrambi.»

Il signor Xander mi tolse il capello. Lo sentii vagamente cadere a terra, ma lui mi accarezzò una guancia con le nocche. I suoi occhi scuri penetravano i miei ed io non riuscivo a distogliere lo sguardo. «Non sei vergine,» disse. Non era una domanda.

Scossi la testa. Non lo ero da un bel po' di tempo. Non ero una verginella ingenua che potessero deflorare.

«Allora non dobbiamo preoccuparci del fatto che tu possa essere una sposa riluttante, no?»

Non ne ero sicura. Ero *molto* riluttante, ma non ero neanche mai stata tanto bramosa del tocco di un uomo come in quel momento. Volevo più che la punta delle sue nocche sulla mia guancia. Ma due uomini? *Quegli* uomini? Scossi di nuovo la testa.

«Ti abbiamo detto che ti avremmo scopata. Ciò che Tyler non ti ha detto è come ti riempirà la figa col suo cazzo e ti sbatterà fino a quando non gli verrai tutta addosso. Io non ti ho detto che ti violerò quel tuo dolce culo, schizzando il mio seme a fondo dentro di te così che ti gocciolerà fuori per tutto il giorno da entrambi i buchi.»

Trasalii di fronte a quel linguaggio volgare e i miei muscoli interni si contrassero al pensiero dell'immagine che aveva descritto. Non avevo idea che un uomo infilasse il suo... il suo cazzo in un didietro. Avevo immaginato che scopare significasse rotolarsi sotto le coperte al buio, con la camicia da notte arricciata attorno alla vita, proprio come aveva fatto Frank. Il signor Tyler sarebbe venuto in camera mia una notte e il signor Xander quella dopo. Non *quello*. Arrossii e mi si indurirono i capezzoli contro il corsetto.

«Ciò che non ti ha detto è quello che ti avremmo fatto a parte scopare,» disse il signor Tyler. Aprii gli occhi – quando mi si erano chiusi? – e vidi che il suo sguardo si era scurito, la sua mascella si era serrata.

«Altre cose a parte scopare?» mi chiesi. Che altro poteva esserci? Baciarsi? Frank si era limitato a rotolarmi addosso all'inizio del nostro matrimonio. Io avevo aperto le gambe per lui e lui si era spinto dentro di me, con forza, per poi riempirmi del suo seme. Era finito tutto in un minuto o due.

Poi aveva cominciato a bere ed io ero stata piuttosto brava ad evitarlo.

«Eccome, diamine,» disse il signor Xander. Mi guardò solo per un istante, poi si inginocchiò a terra e cominciò a sollevarmi il lungo orlo del mio abito.

Cercai di scacciare via le sue mani, ma lui non si fece scoraggiare.

«Che cosa state facendo?» strillai. Una cosa era accettare di sposarli e di... scopare con loro, ma un'altra era farlo *subito*.

«Ho intenzione di mostrarti come saranno le cose tra di noi.»

«Sì, ma perché siete in ginocchio? Non dovremmo stare a letto? Non è buio fuori,» balbettai, i palmi delle mani premuti contro il legno della porta.

Lui sollevò lo sguardo su di me e sogghignò. I suoi denti erano bianchissimi in confronto alla sua pelle abbronzata e alla barba scura.

«Sei un po' riluttante, dopotutto.»

Improvvisamente, ero *molto* riluttante.

«Non preoccuparti, piccola, ti farà sentire bene,» disse il signor Tyler, la voce rassicurante. Si avvicinò. Premuta contro la porta, con un uomo ai miei piedi e un altro proprio accanto a me, non avevo dove andare.

Le mani grandi del signor Xander mi scivolarono sui polpacci e dietro le ginocchia, raggiungendo poi le cosce e sollevando l'abito mentre salivano. Venivo esposta sempre di più con ogni secondo che passava e rabbrividii all'idea. Il signor Tyler prese il tessuto arrotolato e me lo tenne attorno alla vita, scoprendo del tutto la mia metà inferiore.

«Quando ci sposeremo, non indosserai mai più queste, né ne avrai più alcun bisogno.» Il signor Xander strattonò il laccio che teneva su le mie mutande e me le fece scivolare lungo i fianchi e le gambe fino a farle ammucchiare attorno alle mie caviglie. «Escine.»

«Perché?»

«Perché?» ripeté lui. «Vorremo avere facile accesso alla tua figa, dolcezza.»

2

Emily

Prese le mutande da terra e se le mise su una spalla, il sottile tessuto bianco che contrastava fortemente con la sua camicia da lavoro. Un verso oscuro e profondo gli sfuggì dalla gola, mentre mi guardava... lì. Io azzardai un'occhiata al signor Tyler, che stava a sua volta scrutando il mio corpo. L'aria fresca mi colpiva le cosce sopra l'orlo delle mie calze e il mio sesso veniva riscaldato dai loro sguardi. Coprirmi sarebbe stata una perdita di tempo. Sapevo con Frank che una volta che un uomo si fissava sull'avere un rapporto sessuale, non c'era modo di dissuaderlo. Non ero vergine. Sapevo cosa volevano, cosa mi avrebbero fatto. Ma lì? Dovevo solamente chiudere gli occhi, stringere i denti e sopportare. Dovevo solamente capire come l'avrebbe fatto in ginocchio.

«Riesco a sentire l'odore della sua eccitazione da qui,» disse il signor Xander.

Sentire il mio odore?

«I suoi riccioli luccicano. È bagnata e non l'abbiamo ancora nemmeno toccata.»

«Non sono bagnata,» controbattei imbarazzata, cercando di coprirmi. «Signor Xander, davvero, mi sono lavata giusto questa mattina e non puzzo, né ho la pelle ancora umida.»

«Mi chiamo solamente Xander.» Le sue mani mi afferrono le natiche e mi attirarono verso di lui. «Sei vuoi essere formale al riguardo, puoi chiamarmi signore, specialmente quando sto per leccarti e scoparti quella dolce figa con le dita. Entrambe saranno una meraviglia.»

Leccare? Non ebbi tempo di riflettere sulle sue parole perché la sua lingua saettò fuori sopra le mie labbra, scivolandovi accanto fino a quando non prese a girare attorno al mio piccolo fascio di nervi più e più volte.

«Oh, santo cielo,» annaspai, i fianchi che si impennavano. Non avevo idea che un uomo potesse – *volesse* – fare una cosa del genere.

«Di' il suo nome, piccola,» mi sussurrò il signor Tyler, baciandomi lungo il collo, mordicchiandolo per poi leccare il punto sensibile. «Agli uomini piace sentire il proprio nome, mentre divorano la figa della propria donna.»

La mano di Xander affondò tra le mie cosce per giocare sulla mia... figa, mentre continuava a leccare e succhiare la mia pelle sensibile. Gli afferrai la testa, intrecciando le mani tra i suoi capelli. Non ero sicura che fosse per spingerlo via o per attirarlo più vicino.

Infilando un dito all'interno, lui lo arricciò e trovò un punto che mi fece urlare. Il suo nome uscì in un gemito sorpreso.

«Xander.»

Il suo dito uscì ed io mi sentii vuota. Sollevò la testa e mi guardò. Aveva le labbra e la barba che luccicavano. Sollevando una mano, sfregò le dita sul mio labbro inferiore e lo ricoprì della mia umidità.

«Sei bagnata. Goccioli. Una donna eccitata ricopre dita, bocca e cazzo di un uomo con l'essenza della sua figa.» Ne spinse la punta dentro la mia bocca. «Assaggia.»

Sentii il mio sapore sulla lingua, mentre glielo succhiavo. Xander spalancò gli occhi e strinse la mandibola. Ringhiò mentre liberava la mano.

«Voglio assaggiare anch'io,» disse il signor Tyler.

Xander si mise in piedi e afferrò l'orlo del mio abito, mentre l'altro prendeva il suo posto tra le mie gambe.

Il signor Tyler si concesse un istante per rifarsi semplicemente gli occhi. «Riesco a vedere il suo clitoride sporgere da qui. Si eccita così facilmente.» Sollevando lo sguardo, mi chiese, «Vuoi venire, piccola?»

Volevo fare qualcosa, dal momento che mi sembrava di essere sul punto di esplodere. Avevo il cuore che batteva all'impazzata e la pelle arrossata; il mio sapore era effettivamente dolce sulla mia lingua.

Ero già venuta in passato, non grazie a Frank, ma alle mie stesse dita in tarda notte. A volte lui non tornava a casa ed io ero stata in grado di esplorare il mio corpo da sola, toccarmi come mi piaceva. In tutti quei momenti, non mi ero mai sentita nemmeno lontanamente così.

«Sì,» sussurrai. «Dio, sì.»

«Io non sono Dio. Semplicemente Tyler. Urlerai il mio nome, prima che io abbia finito con te.»

Tyler premette contro il mio interno coscia, facendomi allargare le gambe. Solo allora si chinò in avanti e mise la bocca su di me. Dove Xander era stato deliberato e aggressivo, Tyler fu concentrato ed attento. Per quanto dedicò particolare attenzione al mio clitoride, succhiò comunque un labbro nella propria bocca, poi l'altro prima di spingere la punta della sua lingua dentro di me. Avevo avuto le dita di Xander e il membro di Frank dentro di me, ma mai una lingua. Non era grande abbastanza, né andava abbastanza a fondo da farmi venire, ma l'idea di Tyler che mi riempiva col suo uccello mi fece stringere le sue spalle. Ero persa, abbandonata alle sensazioni.

Quegli *uomini*. Dio santissimo, quegli uomini ci sapevano fare. Non avevo avuto idea di cosa mi stessi perdendo. Mi trovavo nell'ingresso con l'abito arrotolato in vita e un uomo – un uomo bellissimo – tra le mie gambe che mi faceva cose folli! Un secondo uomo se ne stava lì accanto a guardare. Era... fantastico.

«Verrai grazie a Tyler, ma non fino a quando non te lo dirò io,» mi sussurrò Xander all'orecchio, il morbido sfregamento della sua barba contro il mio collo che aggiungeva un'altra sensazione al mio corpo già in sovraccarico.

Come sapesse che fossi quasi al limite non ne avevo idea. Tuttavia, con Tyler che premeva la lingua di piatto contro il mio clitoride mentre affondava non uno, ma due dita dentro di me, non sapevo come impedirlo.

Mi leccai le labbra secche, mentre sussultavo e gridavo di piacere. Avevo chiuso gli occhi e mi limitai ad abbandonarmi alle sensazioni.

«Non ancora, Emily. Fa' la brava ragazza e aspetta che i tuoi uomini ti dicano quando puoi venire. Il tuo piacere appartiene a noi, adesso.»

Voltai la testa per guardare Xander, per dirgli cosa poteva farsene dei suoi modi assillanti. Il suo viso era proprio lì. I suoi occhi scuri erano fissi nei miei, i nostri respiri si mischiavano.

«Fermati.»

Mi immobilizzai al suo ordine, ma mi resi conto, quando Tyler sollevò la testa ed estrasse le sue dita da dentro di me, che Xander stava parlando con lui, non con me.

«No, non ascoltarlo. Non fermarti!» Stavo ansimando ormai, come se fossi corsa fino a Bridgewater invece di arrivarci a cavallo. Abbassai lo sguardo su Tyler – anche lui aveva le labbra umide – poi sull'impetuoso Xander.

«La prossima volta che mi dici che sono assillante, verrai punita e non verrai,» giurò Xander. «È una promessa.»

Avevo detto quelle parole ad alta voce? Sembrava che Xander non fosse un tipo con cui scherzare.

«Se vuoi così tanto venire, dolcezza, allora di' esattamente a Tyler che cosa vuoi che faccia.» Mi ravviò i capelli dal viso con una gentilezza che contraddiceva il suo tono di voce.

«Fammi venire,» dissi. Non avevo mai detto quel genere di parole a voce alta. Frank non mi aveva mai dato piacere in passato. In effetti, non avevo nemmeno mai saputo che fosse possibile raggiungerlo con un uomo. Fino a quel momento.

Con la coda dell'occhio, vidi Xander scuotere la testa. «Come?» chiese.

Tyler si pulì la bocca col dorso della mano. In attesa.

«Come?» ripetei io, confusa.

«Con la mia bocca?» domandò Tyler.

«Sì.»

«Allora, dimmi che vuoi venire sulla mia bocca.»

Le mani di Tyler mi afferrarono le cosce, i suoi pollici che sfregavano la fessura della mia figa, sfiorandone i peli. I miei fianchi si mossero di loro spontanea volontà, desiderando quelle dita più vicine. Su di me. Dentro di me.

«Voglio venire sulla tua bocca.»

«Con piacere, piccola. Con piacere.» Tyler mi premiò con un sorriso un attimo prima di rimettere la bocca esattamente dove la volevo.

«Oh, *sì*,» gemetti.

«Vuoi che ti infili due dita dentro fino in fondo?» mi sussurrò Xander all'orecchio. «La tua figa è così deliziosamente stretta, quando verrai gliele strizzerai.»

Lo feci allora, già solo grazie alle sue parole.

Cominciai a muovere i fianchi. Non potevo impedirmelo. Ci ero vicina e stavo rincorrendo il mio stesso piacere, muovendomi sul volto di Tyler così da avvicinarmi... sempre più vicina. Oh, così vicina.

«Sì, le dita. Dentro di me. Ti prego.»

Sentii una mano sul mio sedere nudo. «E che mi dici di qui, dolcezza? Ti serve un dito anche qui?» Mentre Xander parlava, un dito si insinuò nella fessura tra le mie natiche e sopra il mio...

«Xander!» annaspai. «Non puoi... oh, sì!»

Si era mosso in circolo attorno al mio ano, poi mi aveva insinuato dentro la punta del dito. Non ero mai stata toccata lì prima di allora, figuriamoci aver avuto un dito che vi si facesse strada all'interno. La sensazione di venire allargata non era molto piacevole, ma era un qualcosa di oscuro e carnale ed era bellissimo.

«Hai Tyler in ginocchio che ti lecca il clitoride, che si beve tutta la tua deliziosa essenza. Le sue dita ti stanno riempiendo la figa, mentre hai il mio nel tuo culo. Ti piace avere due uomini che ti toccano. Ti piace quando non hai altra scelta che prendere ciò che ti offriamo.»

Xander continuò a parlare, le sue parole oscure che riempivano il resto dei miei sensi. Sentivo le loro mani ovunque. Riuscivo a sentire i loro profumi unici e l'aroma inebriante della mia eccitazione. Ne avevo ancora il gusto sulla lingua. Riuscivo a vedere la testa di Tyler tra le mie cosce aperte. Ero sopraffatta, consumata.

«Vi prego,» implorai, dimenando la testa contro la porta.

«Vieni, dolcezza.»

Lo feci. Obbedii al comando di Xander e venni così meravigliosamente forte che di certo lasciai dei segni nelle spalle di Tyler con le mie dita. Il mio grido riempì l'ingresso ed io non potei fare altro che stringermi e strizzare le dita che avevo dentro, cavalcando le ondate di piacere che mi provocavano.

Un braccio mi si avvolse attorno alla vita e mi sorresse, dal momento che le mie ginocchia cedettero e sarei crollata a terra.

Tyler si erse in tutta la sua altezza ed entrambi gli uomini rimasero a incombere su di me. Anche loro avevano il respiro pesante.

«Faremo meglio a portarla da Olivia prima di scoparcela,» mormorò Tyler. Posandosi una mano sul cavallo dei pantaloni, si sistemò. Oddio. Attraverso i pantaloni, riuscivo a vedere il profilo del suo enorme...

«Ti lascerei vedere il mio cazzo, piccola, ma poi dovrei scoparti.»

Mi accigliai, notando che entrambi i pantaloni degli uomini mostravano chiaramente il profilo del loro desiderio.

«Non *volete* scoparmi?» domandai, confusa. «Pensavo... era ciò che mi ero aspettata.»

Xander fece un passo indietro. «Non fino a quando non saremo sposati, dolcezza. Poi ti scoperemo, ti marchieremo e ti riempiremo del nostro seme.»

3

YLER

Il giorno prima...

«Solo perché hai trovato gli uomini dei tuoi sogni non significa che puoi giocare a fare Cupido,» dissi a Olivia.

Lei mi lanciò un'occhiata di pura esasperazione, specialmente quando unita alla mano che si era posata su un fianco. La mia cuginetta teneva tre uomini per le palle – i suoi mariti Cross, Rhys e Simon – ed erano già abbastanza. Non avevo bisogno di venire aggiunto a quella lista.

«Suo marito è *morto*, Tyler,» controbatté lei. Io lanciai un'occhiata a Rhys e Cross ai suoi lati, ma non ricevetti alcun aiuto da entrambi.

«Perché non possono venire i tuoi uomini con te?»

«Perché tu e Xander non avete niente di meglio da fare. Mentre voi siete solamente degli ospiti, qui, noi-» Rhys agitò una mano tra sé e Cross, «- ci viviamo e ci è stato assegnato il compito di portare fuori i tavoli.»

«Il picnic non avrà luogo se non porteremo fuori i tavoli,» aggiunse Cross.

Dubitavo che il picnic della chiesa sarebbe stato cancellato, se i mariti di Olivia non avessero portato *personalmente* fuori i tavoli per il cibo. Di certo c'erano altri uomini – perfino altri uomini di Bridgewater – che avrebbero potuto compiere quel lavoro. Io non avevo voglia di andare ad un ranch per trascinare una donna riluttante, una *vedova* riluttante, ad un picnic della chiesa.

«Pensi davvero che verrà? Ha appena perso suo marito, quanto, due giorni fa?»

Un bambino piccolo corse in mezzo al nostro piccolo gruppo e afferrò le gambe di Cross. Se fosse stato un uomo più piccolo, sarebbe stato buttato a terra dalla sua forza.

«Zio Cross!»

L'uomo rivolse un sorriso smagliante al piccolo di due anni e lo prese in braccio, lanciandolo abbastanza in alto da far sussultare Olivia. Christopher rise e così Cross lo fece di nuovo.

«Quando avremo dei figli, *non* farai così.» Olivia strinse le labbra, ma non poté fare a meno di sorridere quando Christopher esclamò, «Ancora!»

«Sbrigati a tornare dalla signora Woodhouse, così possiamo metterci subito all'opera,» commentò Rhys, rivolgendo uno sguardo decisamente appassionato a mia cugina.

Io diedi loro le spalle e scrutai l'ampia distesa d'erba di fronte alla chiesa del paese alla ricerca di Xander. Se io dovevo andare a recuperare una vedova in lutto, lui sarebbe venuto con me. Con la messa che volgeva al termine, la gente del paese gironzolava nei dintorni, i bambini che giocavano ad acchiapparella o che intingevano i piedi nel ruscello lì accanto. Le donne stavano organizzando il cibo e presto gli uomini di Bridgewater si sarebbero messi a portare fuori i tavoli e ad allinearli affinché potessero essere apparecchiati.

«Eccolo là,» disse Andrew con un ghigno e un sospiro. Feci un passo indietro per permettere al padre del piccolo bimbo di unirsi al gruppo. «Tua madre ha la tua pappa, giovanotto.»

«Pappa!» esclamò lui e allungò le braccia verso suo padre, chiaramente entusiasta di mangiare.

Osservare il gruppo di Bridgewater era stimolante. Abbracciavano le stesse usanze dei miei genitori – due mariti per una moglie. Olivia era la nipote di mio padre e lei aveva *tre* mariti. Anch'io avrei preso moglie con un altro. Xander. Lo vidi camminare verso di me assieme a Simon, che aveva occhi solo per Olivia. Non avevo dubbi circa le intenzioni di Rhys una volta che fossimo tornati dal ranch della vedova. Sapevo con cosa avrebbero occupato il tempo più tardi: fare un bambino. Come non fosse già rimasta incinta con tre mariti prima di allora proprio non lo comprendevo.

Mi accigliai all'idea di mia cugina che si faceva scopare da quegli uomini – da qualunque uomo – ma loro la amavano e le avevano dedicato la loro vita. Era un bene che Xander ed io fossimo ospiti in un'altra casa. Ian e Kane – ai quali avevo venduto del bestiame l'anno precedente – e la loro moglie, Emma, se n'erano andati a Billings per cui noi stavamo a casa loro durante la nostra visita.

Agli uomini di Bridgewater serviva privacy con le loro spose.

Olivia aveva detto che era stato come un colpo di fulmine quando aveva incontrato i suoi uomini per la prima volta. Conoscevo il concetto, dal momento che mia madre diceva la stessa cosa. In effetti, era stata lei a dare quell'idea a mia cugina. L'amore a prima vista per alcuni andava bene, ma dubitavo che facesse per me. Trovare una donna non era facile, ma trovare una donna che volesse due mariti era ancora più difficile. Specialmente per me e Xander. Lui, un ex detenuto, ed io, il... cos'ero io? Adoravo le donne in generale – non c'era niente di meglio dell'affondare dentro una figa calda. Be', magari un bel culetto stretto. Ma sposarne uno? Non ero sicuro di essere il tipo d'uomo che avrebbe ricoperto la propria moglie di attenzioni come facevano gli uomini di Olivia con lei.

Lei era il centro del loro mondo. Non riuscivo ad immaginarmi di trovare mai una donna che me l'avrebbe anche solo fatto prendere in considerazione, figuriamoci farmi monaco. Avrei potuto, tuttavia, mostrarmi educato e andare con Olivia ad accompagnare la sua amica al picnic. Mia cugina era gentile a pensare a quella donna più anziana.

«Mi pare di capire di essere stato chiamato,» disse Xander a tutto il gruppo.

Una campana suonò indicando l'inizio del pasto. La gente si avviò dalle coperte distese nell'erba fino al tavolo carico di cibo.

«Andiamo con Olivia a prendere una vedova,» gli dissi io.

«La signora Woodhouse,» aggiunse lei.

Il mio amico spostò lo sguardo tra noi due, i suoi occhi scuri che non tradivano alcuna emozione. Per lui era perfettamente normale. Lo conoscevo da cinque anni e raramente l'avevo visto sorridere. Il tempo trascorso in prigione l'aveva cambiato, aveva indurito le sue emozioni. «Ci è permesso quantomeno prendere una coscia di pollo da portarci dietro per il viaggio?» domandò, sfregandosi la pancia.

Olivia si alzò sulla punta delle dita e baciò Cross, mentre

rivolgeva a Rhys e Simon un'occhiata eloquente. Per quanto fosse sposata secondo gli standard di Bridgewater con tutti e tre gli uomini, la gente del paese era a conoscenza solamente del suo matrimonio legale con Cross. Le dimostrazioni d'affetto pubbliche erano limitate, ma non avevo dubbi che Olivia si sarebbe rifatta con gli altri due una volta tornati a casa.

«Torna presto, moglie. Abbiamo dei piani per te.» Non potei non sentire il sussurro di Simon mentre ci allontanavamo, a conferma dei miei sospetti.

«Emily!» Olivia bussò alla porta della casa del ranch mezz'ora più tardi. Si mosse impaziente da un piede all'altro in attesa che la sua amica le aprisse.

Era vecchia e lenta? Dura d'orecchio?

Quando la signora Woodhouse aprì la porta, potei decisamente dire di no. Era vicina all'età di Olivia, decisamente troppo giovane per essere vedova. Era minuta e formosa e il suo abito modesto non nascondeva affatto le sue curve deliziose. I suoi capelli erano i più neri che avessi mai visto, eppure la sua pelle era pallida come il latte. Era un contrasto ammaliante e ne fui rapito. Mentre offriva un piccolo sorriso ad Olivia, furono i suoi occhi a mostrare dolore e sofferenza. Teneva le labbra piene strette e aveva dei segni scuri sotto gli occhi che la facevano apparire stanca ed esausta. Chiari segni del suo lutto.

Mi tolsi il cappello. «Signora, mi spiace per la vostra perdita,» dissi.

Xander, che si era tolto il cappello ancora prima che lei aprisse la porta, offrì un leggero cenno del capo.

«Vi ringrazio,» replicò lei in tono basso. Aveva una voce profonda per essere una donna, liscia e setosa.

Olivia fece un passo avanti, le avvolse un braccio attorno alla vita e la condusse dentro casa. «Siamo venuti a prenderti per portarti al picnic. Ti trascineremo, se sarà necessario.»

La signora Woodhouse si lanciò un'occhiata alle spalle per guardare noi, chiedendosi magari se l'avremmo fatto davvero.

Lanciai un'occhiata a Xander. Lui si limitò ad inarcare un sopracciglio scuro, ma non disse nulla.

Olivia rise. «Quello coi capelli biondi è mio cugino, Tyler, e l'altro, quello più pensieroso-» si voltò di scatto e sogghignò maliziosamente, «-è Xander.»

Seguimmo le donne nell'ingresso. La stanza era pulita, il fuoco spento. A giudicare dalle dimensioni della casa e dalla qualità dell'arredamento, sembrava che il signor Woodhouse avesse avuto successo negli affari.

«Signori,» mormorò lei come saluto, sollevando lo sguardo su di noi. «Olivia, non penso che mi vada di venire, oggi. Magari un'altra volta.»

Olivia scosse la testa. «Non accetteremo un no come risposta, non è vero?» Si voltò per lanciarci un'occhiata tagliente.

«No, infatti,» aggiunsi io. «Sarebbe un onore per noi se ci permetteste di accompagnarvi.» Aveva detto solo alcune parole, ma ero intrigato. Così come lo era il mio cazzo. Era una donna silenziosa, tranquilla e bellissima e così dannatamente tesa. Avrei voluto strattonare lo stretto chignon che aveva sulla nuca, slacciare i bottoni puritani sul colletto opprimente del suo abito. Avrei voluto farla arrossire nell'unico modo che conoscevo, facendola venire.

Mi si gonfiò l'uccello all'idea di arruffarla. Il modo in cui lo sguardo di Xander era fisso su di lei mi fece credere che stesse pensando la stessa cosa. Era sbagliato, però, avere tali pensieri per una donna che aveva appena perso il marito.

«Allora è deciso. Va' a prendere il cappello e ce ne andiamo.» Olivia era tanto brava a costringere gli altri al suo volere quanto lo era coi suoi uomini.

La signora Woodhouse si prese un istante per rifletterci, mordendosi il labbro inferiore carnoso mentre lo faceva.

«Non ho nessuna offerta per il picnic,» controbatté.

Olivia scacciò quella preoccupazione con un cenno della mano. «C'è un sacco di cibo. Non farai morire di fame nessuno, te l'assicuro.»

Sapendo che discutere non sarebbe servito a nulla quando si trattava di Olivia, Emily offrì finalmente un piccolo cenno del capo e uscì da una porta aperta per dirigersi sul retro della casa.

Una volta che se ne fu andata, Olivia si voltò di scatto e ci puntò contro un dito mentre sussurrava, «Fate i bravi!»

Sollevai le mani in un gesto difensivo. «Non sono stato bravo?» sussurrai di rimando.

«Tu.» Indicò Xander. «Devi dire qualcosa. Parla. Fa' conversazione con quella donna.»

Xander aprì leggermente la bocca, ma non disse nulla.

Trattenni un sorrisino e andai ad aprire la porta d'ingresso, quando la signora Woodhouse fece ritorno.

Aiutammo le signore a salire sul carro ed io mi chiesi perché Olivia ci tenesse particolarmente che ci comportassimo bene con quella donna. Non fu fino a quando il ranch non svanì dietro una collina che ne scoprii il motivo.

«Conosci le usanze di Bridgewater,» disse Olivia. Lei e la signora Woodhouse erano sedute accanto a me sulla panca del carro, mentre Xander era seduto dietro, con le gambe che penzolavano dal bordo.

Lanciai un'occhiata ad Olivia, sorpresa dalla sua domanda. Le loro usanze insolite non erano ben conosciute e chi viveva al ranch non condivideva tali informazioni. Molti l'avrebbero trovato sbagliato, perfino illegale. Anche i miei genitori erano stati attenti, specialmente dal momento che vivevano ad Helena, una città grande a confronto con l'aperta prateria di Bridgewater. C'era un motivo se ne stava parlando con la signora Woodhouse e avevo la sensazione che la risposta non mi sarebbe piaciuta.

«Sì,» rispose lei.

«Be', Tyler e Xander stanno cercando una moglie.»

No, quella risposta non mi piaceva per niente. Tirai le redini e fermai il cavallo. «Olivia,» la avvertii.

«Olivia, io non sto cercando-»

Mia cugina interruppe il resto della frase della signora Woodhouse. «Sciocchezze. Tuo marito era un bruto. Un tiranno e un ubriacone. Non sei in lutto per lui e ti serve un marito.»

Con mia sorpresa, la signora Woodhouse saltò giù dal carro e si avviò a piedi verso il proprio ranch. Lanciai un'occhiataccia ad Olivia, pronto ad inseguire la donna, ma fu Xander invece a scendere dal retro del carro.

La seguì, poi infine la raggiunse, ma continuarono a camminare allontanandosi da noi.

Sospirai. «Stai davvero cercando di combinare un incontro?» chiesi.

Olivia non sembrava minimamente contrita e sollevò il mento con ostinazione. «Sì. Voi avete bisogno di una moglie ed Emily è perfetta.»

«Ha appena perso suo marito. Come potrebbe essere perfetta se chiaramente non è interessata?» Indicai con un cenno del capo la direzione in cui era andata.

«Suo marito giocava d'azzardo e beveva troppo. Per

quanto non l'abbia mai confessato nemmeno una volta, credo che la picchiasse. Era come minimo crudele con lei. Non le dispiace minimamente che sia morto. In effetti, se non fosse una persona tanto per bene, starebbe ballando sulla sua tomba.»

L'idea che qualcuno potesse fare del male alla signora Woodhouse mi fece stringere i pugni. Era troppo piccola, troppo... delicata – perfino con le sue curve abbondanti – per proteggersi da gente come l'uomo che aveva descritto Olivia.

«Allora può trovarsi un uomo che le piaccia davvero, questa volta. È giovane, bellissima. Sarebbe un ottimo partito per qualunque uomo in paese.»

Olivia sogghignò. «Dunque pensi che sia bellissima?»

«Qualunque uomo con un briciolo di cervello lo penserebbe,» controbattei.

«Allora dovreste proporvi.»

Sospirai esasperato. «Perché?»

«Perché a te e Xander serve una moglie.»

Scossi la testa. «Non ci *serve* una moglie.»

«Vedo il modo in cui guardate le coppie di Bridgewater. Tutti sono felicemente sposati. È dura per voi, ne sono certa, dal momento che nessun altro ha dei matrimoni come i nostri. Come i tuoi genitori. Tu *vuoi* un matrimonio con Xander come tutti noi a Bridgewater. Ammettilo.»

«Ma certo, lo ammetto. Non mi sposerei in nessun altro modo.» Sollevai una mano. «Ciò non significa che nostra moglie dovrebbe essere la signora Woodhouse.»

Olivia strinse le labbra. «Si deve sposare.»

Inarcai le sopracciglia. «Di nuovo, perché?»

«La banca si prenderà il suo ranch. Debiti, la maggior parte dei quali sono certa siano per via del gioco d'azzardo di suo marito. Non ha un posto dove andare. Niente soldi.

Dovrà trovarsi un lavoro e non ce n'è alcuno, a meno che non voglia lavorare a gambe aperte.»

«Olivia,» la avvertii.

«Cosa? È vero.» Olivia trasse un respiro profondo. «Dovrà sposarsi. Una donna non ha molte altre opzioni. Tanto vale che sia con voi.»

Mi accigliai. «Sarebbe un complimento?»

«Ma certo che lo è. Si merita qualcuno – o due persone – che siano buone con lei. So che tu e Xander lo sareste. E poi, la conosco bene e lei conosce il nostro tipo di matrimonio. Mi *piace*. Fidatemi di me, è un buon partito.»

Mi voltai così che potessi vedere la figura della donna che si allontanava. Un buon partito? Non avevo dubbi che saremmo stati molto compatibili a letto. Non sarebbe stato un dispiacere guardarla. Ciò non faceva un matrimonio, ma di certo aiutava.

4

ANDER

A ME NON IMPORTAVA CHE Olivia stesse giocando a fare Cupido. Avevo capito che intenzioni avesse sin da quando ci aveva chiesto di accompagnarla a prendere la sua amica invece di andare coi suoi mariti. Loro avrebbero fatto qualunque cosa per quella donna e la scusa di dover spostare i tavoli era pessima. Faceva ridere. C'erano abbastanza uomini forti al picnic da poter portare a termine il compito al posto loro. Ero solamente contento che si fidassero abbastanza di noi da farcela accompagnare al ranch Woodhouse. Non che avessimo fatto nulla per far mettere loro in dubbio la nostra capacità di proteggere la loro moglie, specialmente col fatto che Tyler fosse di famiglia. Al contrario, in realtà. Dovevano avere una stima piuttosto alta di noi, ma gli uomini di Bridgewater erano un gruppo molto possessivo e protettivo.

Magari stavano cercando di portare la signora Woodhouse sotto la propria ala. Avevo sentito dire che era già stata al ranch in passato, che conosceva le loro usanze e le loro tradizioni. Il fatto che avesse tenuto quel segreto significava che gli uomini la tenevano in gran considerazione. Tutto ciò significava che non era solamente Olivia a cercare di far mettere la signora Woodhouse insieme a me e Tyler. Anche gli uomini ci stavano provando e pensavano che quella donna fosse giusta per noi. Per questo, non ero stato altro che incuriosito da quella vedova.

Quando aveva aperto la porta, era stato difficile non fissarla. Diamine, era stupenda. Era stata la sua bocca la prima cosa che avevo notato. Piena e morbida, era di un rosa ciliegia acceso, come se fosse stata baciata tutto il pomeriggio. Fu quando incrociai il suo sguardo che rimasi intrigato. Vi vidi una donna che aveva trascorso tempi duri. Era eccezionalmente brava a nasconderlo, ma la rigidità delle sue spalle e l'asperità di quello sguardo scuro erano dei chiari segnali. Li conoscevo bene, poiché vedevo tracce di me in lei.

Non nelle sue curve morbide o nel modo in cui i suoi fianchi ondeggiavano mentre le camminavo accanto. Non nella lunga linea sottile del suo collo. Non nella curva elegante del suo naso. Poteva anche non essere stata incarcerata ingiustamente per un crimine, ma era stata ferita. Suo marito era stato l'unico colpevole? Dei genitori crudeli? Era troppo giovane per aver subito altro. Ad ogni modo, sentivo che c'era uno spirito affine al mio in quella donna e non le avevo nemmeno detto ancora una parola.

«Non dovete più accompagnarmi. Vi assicuro che conosco la strada di casa.» Il suo abito lungo sfregava sull'erba.

Le sue gambe corte divoravano la distanza fino alla casa del ranch ed io rallentai il passo per adeguarmi al suo.

«Vi invidio,» le dissi.

Lei voltò di scatto la testa per guardarmi, assottigliando gli occhi. «Invidia? Di cosa, del fatto che mio marito sia morto? Del fatto che mi porteranno via il mio ranch? Del fatto che non ho un posto dove andare? Del fatto che sono senza un quattrino?»

Non c'era da meravigliarsi che sembrasse ferita. Aveva un gran peso sulle spalle. Si morse il labbro, mentre molto probabilmente si rendeva conto di essersi esposta troppo con un estraneo.

«Del fatto che Olivia sia un'amica che tiene tanto a voi da provare a fare da Cupido.»

Lei inciampò nel sentire le mie parole ed io la afferrai per un gomito per tenerla su. Quando non la lasciai andare, lei mi adocchiò sospettosa.

«Olivia è una buona amica,» confermò, stringendo gli occhi contro la luce accecante del sole per riuscire a guardarmi.

Io ci feci voltare così che non le arrivasse dritta in faccia.

«Lei e i suoi mariti credono che dovremmo sposarci.»

«Non fate tanti giri di parole,» commentò lei.

«Gli uomini di Bridgewater riconoscono la propria donna a prima vista. Se loro pensano che siamo un buon assortimento, allora io credo che sia vero.»

Lei piegò la testa di lato e mi studiò. «Che cosa pensate *voi*?» La sua voce profonda mi pungolò.

Era molto perspicace. Non si stava cercando di unirla a nessuna degli uomini di Bridgwater, bensì a me e Tyler.

«Non avevo preso in considerazione il matrimonio – fino a circa venti minuti fa. Credo che gli uomini abbiano ragione, che Olivia abbia ragione.»

«Oh?» domandò lei. Cominciai a vedere il suo atteggiamento freddo scivolare via man mano che parlavo.

«Fulmine.»

Lei sollevò le sopracciglia e spalancò la bocca. Sapeva di cosa stessi parlando, dal momento che Olivia doveva averglielo spiegato. Era ciò che aveva provato lei, quando aveva incontrato i suoi uomini. Era il modo in cui l'aveva descritto la madre di Tyler, come lui si immaginava che fosse. Tyler l'aveva provato quando aveva visto Emily? Ciò che provavo io, forse non si trattava di amore a prima vista, ma la connessione, la scintilla era palpabile. Mi spaventava a morte, dal momento che io non ero un buon partito. Avevo dei punti oscuri dentro di me, dei modi grezzi, un atteggiamento freddo. Mi piaceva scopare in maniera oscena e violenta. Di certo Emily era troppo dolce, troppo gentile per essere trattata a quel modo.

«L'argomento è teorico, dal momento che avete appena perso vostro marito. Non oserei intromettermi nel vostro lutto. Prendere alla leggera ciò che avete condiviso con lui.»

Non mi sarei mai interessato alla donna di qualcun altro, nemmeno di un uomo che fosse stato vivo solamente nello spirito.

Lei a quel punto cominciò a ridere. Voltandosi, riprese a camminare verso casa mentre continuava. Io mi accigliai, ma la affiancai abbastanza a lungo da afferrarla per un braccio e fermarla.

Mentre lei si asciugava le lacrime dalle guance, mi disse, «Io non sono in lutto per Frank. Al contrario. Sono felice che sia morto. Sfortunatamente, ha ancora grande influenza su di me pur dalla tomba.»

Il suo tono di voce confermava la verità delle sue parole. Sembrava che non fossero stati una coppia innamorata; che la sua espressione stanca e sfinita non fosse causata dal lutto, ma da qualcos'altro.

«Vi ha lasciato senza nulla,» aggiunsi, confermando i

suoi problemi. Olivia aveva ragione, doveva sposarsi. Non c'era altro da fare per lei lì nel Territorio del Montana. Non c'erano lavori appropriati da assumere. Anche se avesse trovato un posto come lavandaia o perfino come governante, non avrebbe avuto protezione, nessun uomo a tenerla al sicuro. L'idea di lei tutta sola mi lasciava una sensazione di gelo dentro.

Sarebbe stata costretta a lasciare il paese, ad andare in una città più grande come Helena o Billings. Ma come avrebbe affrontato quel viaggio? Se la banca voleva prendersi il ranch, non le sarebbe rimasto nulla, niente abiti, niente soldi per il cibo, figuriamoci per una diligenza. Il fardello che si portava sulle spalle era pesante.

«È vero.» Abbassò lo sguardo, forse sperando di nascondermi i suoi sentimenti, e si lisciò l'abito azzurro. «Io non vi conosco, signor Xander, e nemmeno il signor Tyler. Non passerò da un pessimo matrimonio a un altro solo perché mi serve *protezione*. La protezione di cui avevo bisogno nel mio matrimonio con Frank era da Frank stesso.»

Non potevo discutere, dal momento che aveva ragione. Non mi conosceva affatto. Perché avrebbe dovuto volersi incatenare a due mariti, quando non le era nemmeno piaciuto quello che aveva avuto? Né io né Tyler eravamo Frank Woodhouse, però. Noi non le avremmo fatto del male. Per quanto le avrei offerto gli aspetti più volgari di una scopata – e il farsi rivendicare da due uomini insieme – le avremmo sempre concesso il suo piacere. Sarebbe stata apprezzata e custodita, protetta e posseduta. Eravamo gli uomini giusti per lei e sarebbe semplicemente dovuta venire per scoprirlo.

~

EMILY

Mentre aiutavo le donne a radunare piatti e vassoi, ciotole e piatti di portata dai tavoli da picnic e riporli nelle ceste perché venissero riportati a casa, cercai di farmi coinvolgere nelle conversazioni che mi vorticavano attorno. Per quanto le donne del paese fossero sempre state diffidenti nei confronti di Frank, non avevano mai avuto paura di me. Ci evitavano spesso quando eravamo insieme, ma a me non aveva mai dato fastidio, poiché le capivo. Ora che lui non c'era più, non erano state altro che gentili con me durante il picnic ed io ero felice di esserci venuta. Era difficile tenere il passo con le chiacchiere, mentre tenevo d'occhio i due uomini che erano venuti a casa mia. Mi avevano persuasa a tornare al carro e ci eravamo recati in paese in silenzio. Una volta che il signor Xander aveva aiutato me e Olivia a scendere dalla panca, gli uomini ci avevano rivolto un cenno di saluto con i capelli e se n'erano andati a riempirsi i piatti. Da allora, io non ci avevo più parlato assieme. Tuttavia, ogni volta che guardavo nella loro direzione, uno di loro mi stava osservando. Non erano nemmeno tanto discreti al riguardo. Spesso, erano entrambi loro più diversi degli uomini di Bridgewater a guardarmi. Io arrossivo ogni volta e distoglievo lo sguardo.

La loro proposta – perfino il tentativo di combinare un incontro di Olivia – era assurda. Non sapevano cosa succedeva a casa mia, cosa avevo sopportato, cosa avevo fatto. Di certo, nessuno dei due mi avrebbe desiderata se avesse scoperto la verità. Se lo sceriffo e l'impresario funebre non l'avevano scoperto, allora il mio segreto era finito nella tomba assieme a Frank. Ciò, tuttavia, non placava i miei pensieri nè alleviava il senso di colpa che provavo. Il peso delle mie azioni premeva sulla mia coscienza.

Nessuno dei due avrebbe nemmeno desiderato una donna senza un soldo. Mo padre aveva dato a Frank dei soldi per sposarmi – passati legalmente da un uomo crudele ad un altro – ed erano andati persi sui tavoli del gioco d'azzardo come acqua in un setaccio. Io non avevo nulla da offrire a quegli uomini a parte il mio corpo. Nessun terreno, niente casa, nemmeno del bestiame. Non ero una diciottenne nubile e di certo non ero vergine. Avrebbero voluto che la loro sposa fosse una dolce ragazzina innocente? Guardandomi attorno, contai almeno cinque possibili candidate che erano molto più carine di me. Eppure, no.

Lanciai un'occhiata agli uomini, che erano appoggiati ad uno dei tavoli, con delle tazze di metallo in mano, a bere della birra che avevano prelevato dalla botte posta nel tratto ombreggiato del ruscello. Avevano gli occhi fissi su di me. Un paio chiari, l'altro scuri. Le loro espressioni erano passionali e promettevano qualcosa di molto carnale. Era quello che volevano da me? Ma certo. Qualunque uomo voleva soddisfare i propri desideri dentro il corpo della moglie. Quei due avrebbero potuto avere qualunque donna avessero desiderato, perfino pagare una ragazza o due al saloon. Non avevano bisogno di sposarsi nessuna, figuriamoci me. Era il motivo quello che non comprendevo.

«Signora Woodhouse.»

Una voce profonda interruppe i miei pensieri ed io distolsi lo sguardo da quello degli uomini.

Voltandomi di scatto, mi ritrovai faccia a faccia con *lui*.

Feci un passo indietro, ma lui annullò la distanza. Aveva detto di chiamarsi Ralph, quando era venuto a casa mia il giorno prima. Frank era stato seppellito solamente quella mattina, quando lui aveva bussato alla porta. Si era introdotto in casa, spingendomi via. Quell'uomo era un bruto. Un bullo. A giudicare dal suo odore, non si lavava da un po'. I suoi capelli scuri erano unti e ingarbugliati laddove gli fuoriuscivano dal cappello. Si era rifiutato di toglierselo. Per quanto ciò dimostrasse la sua mancanza di buone maniere di fronte ad una signora, non avevo avuto bisogno di quel segnale. Nulla di quanto lo riguardava parlava di un gentiluomo.

«Vi ho lasciato del tempo affinché *pensaste* di avere una scelta, signora Woodhouse.»

Arricciai il naso di fronte al suo pessimo alito. Feci un altro passo indietro e questa volta lui non mi seguì. La brezza fresca aiutò a tenere a bada la sua forte puzza.

«Verrete alla porta sul retro del saloon sabato sera. Non dovete preoccuparvi di come vestirvi, dal momento che sono certo che vi verrà dato qualcosa di più appropriato per il vostro nuovo ruolo... o magari non indosserete proprio nulla.»

Il suo sguardo mi scorse su tutto il corpo ed io mi sentii sporca.

Scossi la testa. «Non sono responsabile dei debiti di mio marito.»

Lui sogghignò, mostrando lo spazio vuoto nella fila inferiore di denti dove avrebbe dovuto essercene stato uno.

«Mi deve cinque bei bigliettoni. Me li ripagherete voi o dirò allo sceriffo com'è morto vostro marito.»

Spalancai gli occhi e sentii il sangue defluirmi via dal cervello. Dei puntini scuri presero a muoversi attorno alla testa di quell'uomo malvagio.

Trassi un respiro profondo, cercando di impedirmi di svenire. Non ero una che sveniva spesso e non avevo intenzione di cominciare in quel momento. «Come... cosa? Non so di cosa stiate parlando.»

Lui ridacchiò e agitò le sopracciglia. «Immagino che le padelle non servano solo a cuocerci le patate.»

Lo sapeva. Oddio, mi aveva vista colpire Frank. Ma come? Era successo a tarda notte. In casa era buio. Non poteva saperlo.

Agitai le braccia. «Allora prendete ciò che volete. Di sicuro l'orologio nell'ingresso o uno dei cavalli dovrebbe ripagare il debito di mio marito. Non avete bisongo di *me*.»

Lui sogghignò, ma non lo fece con alcun tipo di calore. Sollevò una mano per toccarmi, ma io indietreggiai inciampando. Il ghigno non svanì mentre si sistemava il cappello sulla testa. «L'orologio,» disse, «me lo prenderò solamente per levarmi un capriccio dal momento che ci avete messo così tanto tempo a decidervi. Non voglio degli oggetti, signora Woodhouse. Io voglio voi. *Voi* ripaghrete il suo debito. Venite in città o vi ci trascinerò per i capelli.»

«Signora Woodhouse, abbiamo messo da parte una fetta di torta alla ciliegia per voi.»

Quella voce mi distrasse dai miei pansieri. Rigidamente, mi voltai e vidi il signor Tyler in piedi alla mia destra. Quando si era avvicinato? In mano teneva effettivamente una fetta di torta.

«Vi va di presentarmi il vostro amico?» chiese, con voce profonda. Adocchiò Ralph con cautela.

5

MILY

Mi sentii travolgere dal sollievo come se fossi stata immersa in un ruscello ghiacciato. «No, non penso proprio.» Gli offrii un sorriso, ma avevo il timore che fosse leggermente precario. «Quella torta ha un aspetto magnifico. Vi ringrazio.»

Lui allungò il braccio ed io fui felice di accettarlo, lasciando che mi conducesse via.

Mi lanciai un'occhiata alle spalle e vidi Ralph in piedi lì dove l'avevamo lasciato, che mi scrutava.

Mi voltai.

«Quell'uomo vi stava importunando?» mi chiese il signor Tyler.

Con ogni passo che ci allontanava da Ralph, mi sentivo meglio. Ero così contenta di trovarmi lontano da quell'uomo disgustoso che avrei voluto baciare il signor Tyler per avermi salvata. Ralph, tuttavia, era un problema mio. Ciò che sapeva era un problema mio. Era il mio segreto da mantenere, il mio segreto da risolvere. Mio padre mi aveva data al primo uomo che aveva rispecchiato le sue idee di donna disciplinata. Io non le avevo rispettate e Frank mi aveva trattata di conseguenza. Aveva perso tutti i nostri soldi, non gli era importato abbastanza di me da tenermi al sicuro, da tenersi il ranch come garanzia. Potevo contare solamente su me stessa; quello era il poco che sapevo.

Se il signor Tyler avesse scoperto la verità, avrebbe potuto mandarmi in galera. Non avevo intenzione di andare in prigione dopo ciò che Frank mi aveva fatto, per cui avrei tenuto il mio segreto al sicuro.

«Per quanto non gradissi la sua compagnia, non mi stava importunando,» assicurai al signor Tyler, chiarendo la situazione.

Xander si avvicinò, ma osservò Ralph allontanarsi verso il centro paese, molto probabilmente diretto al saloon.

«È un nostro rivale?» mi chiese, accarezzandosi la barba.

Non potei trattenere una risata. Quell'improvviso scoppio di energia derivante dalla discussione evaporò ed io mi sentii stanca. Ralph non era *minimamente* come i due uomini che avevo di fronte. Lui aveva la trippa ed era in sovrappeso. Il doppio mento gli nascondeva le linee del collo. Era anche spietatamente crudele. Nulla di lui era attraente, non un singolo capello unto che aveva in testa.

Il signor Tyler e il signor Xander, tuttavia, loro erano pura perfezione. Perfino nonostante uno fosse biondo e l'altro moro, erano entrambi attraenti per la mia natura femminile. Erano alti, robusti e massicci. Già solo la loro stazza avrebbe dovuto farli sembrare tirannici e pericolosi. Invece, erano dominanti e possenti. Desideravo ardentemente trovarmi tra le loro braccia, essere protetta dai loro muscoli definiti.

«Non dovete preoccuparvi di ciò,» gli dissi.

Il picnic stava volgendo al termine. Le famiglie stavano tornando a casa a piedi o in carrozza, coi bambini piccoli che dormivano su delle coperte nel retro. Non c'era nessuno accanto a noi. Non vedevo nemmeno più le famiglie di Bridgewater. Il sole si era spostato nel cielo, ma faceva ancora caldo.

«Olivia ci ha detto di salutarvi. I suoi uomini se la sono portata a casa piuttosto di fretta dopo pranzo.»

Potevo dedurre che cosa volesse dire e arrossii. Ero contenta per la mia amica, per il fatto che avesse degli uomini che stravedevano così tanto per lei e la desideravano con tanto ardore. Provavo una fitta di invidia per ciò che aveva e ciò che io avevo desiderato con Frank, ma non avevo mai avuto.

Offrii un piccolo cenno del capo in risposta, dal momento che cosa avrei potuto dire?

«Spero che accetterete di farvi accompagnare a casa da noi,» aggiunse Xander. A giudicare dal suo tono di voce e dal modo in cui non pronunciò la frase come una domanda, dovetti dedurre che si stesse solamente mostrando educato nel permettermi anche solo di *pensare* di poter rifiutare.

«Dovreste sapere che non vi permetteremmo di coprire quella distanza da sola,» aggiunse il signor Tyler.

Erano entrambi dei gentiluomini e per quanto la loro presenza fosse snervante, era bello sapere che si preoccupavano per me. Avevo percorso molte volte la strada fino in paese da sola. A Frank non era importato.

«Molto bene.»

«Xander mi ha raccontato della vostra conversazione.» Non sapevo di cosa stesse parlando Tyler. Quando non risposi, lui proseguì, «Riguardo allo sposarci. Avete la mia parola-»

«La nostra parola,» si intromise Xander.

«La nostra parola, che nessun uomo vi importunerebbe mai più.» Indicò col mento in direzione di dove si era trovato Ralph.

Non potei sostenere il suo sguardo troppo a lungo dal momento che era serio. Entrambi erano piuttosto seri circa le proprie parole.

«Non mi conoscete nemmeno!» esclamai, aggirandolo e allontanandomi.

«Non devo conoscervi, devo solamente *sapere*,» mi gridò dietro Tyler.

Scossi la testa e continuai a camminare. Percepivo la verità delle sue parole, dal momento che quegli uomini – pazzescamente – risvegliavano qualcosa dentro di me. Gli credevo quando dicevano che mi avrebbero protetta e riuscivo ad immaginarmi bene che sensazione mi avrebbe dato trovarmi custodita nell'abbraccio di un uomo. Nell'abbraccio di due uomini.

Superai il prato aperto su cui si era tenuto il picnic e mi diressi a sud verso casa. Be', casa per i prossimi pochi giorni prima che l'uomo della banca fosse venuto a sfrattarmi. Sentii dei passi alle mie spalle.

«State scappando perchè avete paura,» disse Tyler.

Le sue parole mi fermarono ed io mi voltai di scatto.

«Paura? Ci potete scommettere che ho paura, diamine!» urlai, mettendomi le mani sui fianchi.

Lo fece anche Xander, mimando la mia posa. «Un linguaggio del genere non dovrebbe uscire dalla vostra bocca. Se foste mia, vi sculaccerei.»

Assottigliai lo sguardo in direzione di Xander. Stavo reagendo a lui a livello viscerale. Volevo strangolarlo per il fatto che fosse tanto presuntuoso, mentre mi si indurivano i capezzoli sotto al corsetto all'idea di farmi piegare sulle sue ginocchia.

«Paura di *noi*,» chiarì Tyler. «Non c'è bisogno di aver paura di nient'altro. Vi proteggeremo noi.»

Proteggermi da Ralph? Dal fare la prostituta? Dalla prigione o, ancora peggio, da un cappio attorno al collo?

Era anche solo possibile? Potevano salvarmi? Proteggermi come un bello scudo di muscoli dall'uomo cattivo?

«Ti soddisferemo, Emily.» Era la prima volta che uno dei due usava il mio nome di battesimo. Quando il signor Xander lo pronunciò, fu come un roco rollio di pietre. Oscuro e profondo come la sua personalità.

Inarcai le sopracciglia. «Soddisfarmi? Tipo portarmi dei cioccolatini e cose altrettanto frivole? È questo che pensate che io voglia?»

Xander si avvicinò, gli occhi fissi sulle mie labbra.

«Io credo che tu voglia farti scopare da due uomini che sappiano ciò che fanno. Che metterebbero il tuo piacere e le tue necessità al primo posto. Credo che tu voglia che ci portiamo via tutte le tue preoccupazioni, che ti svuotiamo quella bellissima testa di ogni pensiero. A giudicare dal fuoco che hai negli occhi, potrebbe bastare una bella sculacciata a natiche scoperte.»

Spalancai la bocca e arrossii alle sue parole. «Come osate!»

«Emily, se c'è una sola persona in tutto il Territorio del Montana che ha bisogno di sottomettersi, quella sei tu.»

«Sottomettermi?» Il cuore mi batteva così forte nel petto che pensavo avrebbe potuto saltarmi via. Avevo il respiro affannato ed ero incredibilmente nervosa. Quegli uomini mi avevano mandata fuori fase. «Mi sono sottomessa a Frank per due anni,» urlai. Le lacrime offuscarono gli uomini davanti a me ed io le scacciai furiosamente con le dita. «Se è questo che vi aspettate da una moglie, allora non voglio avere niente a che fare con voi.»

«Il modo in cui vogliamo che tu ti sottometta non è affatto la stessa cosa, piccola,» disse Tyler, avvicinandosi di un passo. «Affidarci i tuoi problemi, il tuo corpo, la tua fiducia. Quello è sottomettersi.»

«Olivia si sottomette ai suoi uomini,» aggiunse Xander.

Lo faceva? Pensai alla mia amica. Simon, Rhys e Cross non le avrebbero torto un solo capello. In effetti, l'avrebbero protetta a costo della loro stessa vita. Non sembrava intimidita o sminuita come una donna che doveva sottomettersi ai suoi uomini.

«Così come le altre donne,» continuò Tyler. «Laurel, Emma, Rebecca. Anche le altre. Pensi che siano infelici?»

Erano le donne più felici che conoscessi. Al ranch, vedevo le semplici dimostrazioni d'affetto: tenersi per mano, accarezzare una guancia con le nocche, un bacio spensierato. Ero così confusa, non comprendevo quel tipo di sottomissione, dal momento che avevo conosciuto solamente l'asservimento e l'infelicità. Non ero stata apprezzata, non avevo provato alcuna carezza gentile da parte della mano di Frank. Mi aveva a malapena baciata. Quegli uomini, loro mi stavano offrendo cose, si stavano aspettando cose da me che io non comprendevo nemmeno. Mi sopraffacevano!

«Potrai anche esserti sottomessa a tuo marito, Emily, ma lui non ti ha dato ciò che ti meritavi in cambio. Noi ti mostreremo come dovrebbe essere. Come *sarà*. Faremo cose al tuo corpo che non ti sei mai nemmeno immaginata. Tu ci darai ciò che vogliamo e noi ti daremo esattamente ciò di cui hai bisogno.»

«Visto il tuo sguardo confuso, ti chiarirò il concetto,» disse Xander. «Ti scoperemo. La tua figa, la tua bocca. Il tuo culo. Scommetto che i tuoi capezzoli sono di un bel rosa, che adesso ce li hai duri dentro quel corsetto rigido. A me piace pizzicarli, strattonarli. Non sarò delicato, Emily. Non ne sono capace, ma ti giuro che lo adorerai.»

Spalancai la bocca di fronte alle parole molto esplicite di Xander. I miei capezzoli *erano* duri come aveva detto. Mi piaceva l'idea che si celava dietro le sue parole oscure e ciò mi rendeva... pazza. Era una follia essere eccitata da una conversazione simile.

«Ti prenderemo insieme, Emily,» aggiunse Tyler. Mi stavano circondando, bombardandomi di immagini mentali, di pensieri, così velocemente che non riuscivo a tenere il passo. «Verrai circondata, sopraffatta, presa.»

«Non posso... è troppo. *Voi* siete troppo.» Mi voltai e proseguii. Come potevo pensare lucidamente quando loro erano così... grandi? Così virili. Dio, volevo ciò che avevano detto. Trovarmi al sicuro tra di loro sapendo che si sarebbero presi cura di me. Come sarebbe stato non avere una sola preoccupazione al mondo, trovarmi al sicuro da gente come Ralph né legalmente sposata ad un bruto come Frank? Dubitavo che avrei dovuto mai più toccarmi da sola nel letto la notte se avessi sposato loro.

«Vuoi che andiamo a prendere il carro o preferisci camminare?» domandò Tyler, continuando a seguirmi, ma non troppo da vicino. Fui sorpresa dalla sua domanda, dal momento che riguardava un argomento del tutto diverso, ma fui grata del fatto che non avesse proseguito su quella strada rovente.

«Camminare,» risposi. E così feci. Ripercorsi la strada verso casa, ma questa volta ebbi due uomini dietro di me per tutto il tragitto. Loro non dissero più nulla fino a quando non arrivammo in vista della casa.

«Ti osserveremo da qui,» disse Tyler.

Io mi voltai. Erano fortemente illuminati dal sole che

stava tramontando. Avevano delle piccole rughe agli angoli degli occhi, mentre li strizzavano per riuscire a vedermi.

«Grazie per avermi accompagnata a casa.» Le buone maniere richiedevano quella risposta.

«Vogliamo sposarti, Emily. Vogliamo che tu sia nostra. Ti daremo del tempo per pensarci. Per decidere. Sai dove trovarci, se ti serve qualcosa.»

La voce di Tyler era calma, ma le sue intenzioni erano serie.

«Fulmine, Emily,» disse Xander.

Tyler annuì e sorrise. «Esattamente. Proprio come un colpo di fulmine.»

Io non risposi, mi limitai a voltarmi e percorrere il resto del tragitto fino a casa. Avevo delle cose su cui riflettere. Molte, e temevo che i miei pensieri sarebbero stati pieni di quegli uomini dominanti invece di come avrei dovuto gestire Ralph.

6

MILY

«NON NASCONDERTI! *Ti troverò e, quando lo farò, ti scuoierò via un pezzo di pelle, dopodiché compirai i tuoi doveri di moglie.*»

A giudicare dal modo in cui strascicava le parole e barcollava qua e là, sapevo che Frank era ubriaco. Di nuovo. Quando era sobrio mi ignorava, ma quando tornava a casa pieno di whiskey scadente e arrabbiato per aver perso ancora più soldi a carte, era decisamente cattivo.

Mi aveva picchiata solamente un paio di volte, ma era tornato a casa tardi, ubriaco e impaziente di soddisfare i propri desideri col mio corpo più volte di quelle in cui non era accaduto. Non lo volevo avere di nuovo addosso, puzzolente di sigaro, del profumo dozzinale delle ragazze del saloon e ubriaco come un fondo di bottiglia. Salì le scale barcollando, imprecando ad ogni gradino.

Strinsi la padella nella mano, mentre me ne stavo in piedi nella camera da letto, in attesa.

Non mi sarei nascosta, né gli avrei permesso di toccarmi. Ora basta.

Vidi la sua figura scura nel corridoio. Era una notte chiara e la luna brillava forte attraverso le finestre.

«Eccoti,» abbaiò. «Dove diavolo sono i soldi? Non ci sono nel barattolo in cucina.»

Irrigidii la spina dorsale, mentre facevo un passo avanti verso di lui. Il fatto che fosse più interessato al giocarsi i nostri soldi piuttosto che a scoparmi la diceva lunga. Chiaramente era disperato. Avevo la padella lungo il fianco e lui non l'aveva ancora vista. Non era l'arma migliore, ma si era portato il fucile in città. Non avevo altro per proteggermi a parte la padella che usavo per cucinargli la colazione.

«Li ho nascosti,» risposi. Cercai di nascondere il tremolio della mia voce, per quanto probabilmente fosse troppo ubriaco per sentirlo in ogni caso.

«Devo a Ralph quei soldi. Vai subito a prenderli!» Agitò le braccia.

Io trasalii, ma restai lì dov'ero. Deglutii, poi trassi un respiro profondo. «No.»

Era la prima volta che mi rifiutavo esplicitamente di obbedirgli. Quei soldi servivano per il cibo, non per essere persi ad una partita a carte.

«Cos'hai appena detto?» Perfino al buio riuscivo a vedere il bagliore oscuro nei suoi occhi. «Perché, piccola-»

Urlai mentre mi veniva incontro, un braccio alzato, il pugno chiuso e pronto a colpire. Anch'io ero pronta.

Schivai di lato e menai un fendente con la padella con tutta la forza che avevo. Lo colpii, con forza, e rabbrividii. Il rumore nauseante di qualcosa che si rompeva riempì la notte silenziosa.

Si accasciò a terra ed io rimasi in piedi sopra di lui. Non si muoveva. Non respirava – non riuscivo a sentire il suo solito sibilo apatico. Lasciai cadere la padella. Colpì il pavimento con un forte tonfo accanto ai miei piedi nudi.

Corsi in camera da letto e accesi la lampada, portandola in corridoio. Inginocchiandomi, non potei non notare il modo in cui il suo cranio fosse frantumato. I suoi occhi, così pieni di odio negli ultimi mesi, fissavano vuoti il soffitto.

Non potevo lasciarlo lì. Lo sceriffo avrebbe saputo. Nessuno cadeva spaccandosi un lato della testa. Dovevo farlo sembrare un incidente, come se fosse stato ubriaco e fosse caduto. Le scale! Lo spinsi, poi mi ritrassi di scatto, inizialmente col timore che mi sarebbe saltato addosso per picchiarmi. No. I suoi occhi erano vuoti. Era decisamente morto. Facendo una smorfia, lo avvicinai alle scale. Il suo peso morto – ebbi un conato, ripensando a ciò che avevo fatto – rendeva difficile il lavoro. Quando finalmente lo ebbi portato precariamente vicino al primo scalino, stavo sudando nella mia camicia da notte. Determinata, lo spinsi con un gemito profondo. Lui cadde giù, colpendo ogni gradino fino a quando non atterrò al fondo accasciandosi sul pavimento.

Mi montò la bile in gola, mentre abbassavo lo sguardo sul mio defunto marito. Che cosa avevo fatto? Afferrai la lanterna e corsi in camera da letto, chiudendo la porta e facendola sbattere.

MI SVEGLIAI di soprassalto con un sussulto. Frank non c'era. Non mi stava inseguendo. Era morto e sepolto ed io ero al sicuro, se non altro da lui. Avevo la camicia da notte tutta arrotolata addosso, la pelle ricoperta di sudore freddo. Trassi dei respiri profondi per calmare il mio cuore impazzito. *Ero* al sicuro. Mi trovavo da sola in casa. Rabbrividii una, due volte, ricordandomi della sensazione del suo cadavere mentre lo spingevo giù per le scale.

Calmandomi, tornai a sdraiarmi, tirandomi su le coperte. Non mi sarei più riaddormentata. Cercai di scacciare la consapevolezza di aver ucciso mio marito. Non importava, ormai. Tutti credevano alla storia che avevo raccontato. Perché avrebbero dovuto pensare a qualcosa di diverso da ciò che avevo detto? Frank era un ubriacone. Tutti in paese lo sapevano. Era caduto dalle scale dopo una notte di grandi bevute e gioco d'azzardo, chi ne avrebbe mai dubitato? Lo sceriffo stesso aveva ispezionato il corpo e mi aveva consegnato il certificato di morte senza pormi praticamente nessuna domanda.

Non fosse stato che Ralph sapeva la verità. Non sapevo come, ma la sapeva. La paura tornò, quella preoccupazione che mi tormentava lo stomaco. Forse stava bluffando, ma non aveva importanza. Non potevo rischiare. Frank mi aveva lasciata senza un soldo e Ralph voleva di più da me. Gli avevo offerto qualunque cosa avesse voluto sulla proprietà; apparteneva tutto al ranch in ogni caso. Lui si era preso l'orologio solo per dimostrare il proprio potere su di me, ma non avrebbe ceduto. Lo sapeva e si aspettava ancora che io, in cambio, mi sarei prostituita.

Frank non mi aiutava affatto da morto tanto quanto non lo aveva fatto da vivo. Se non altro, ora che non c'era più, non dovevo preoccuparmi di lui che tornava a casa ubriaco col desiderio di sfruttare il mio corpo. Non dovevo preoccuparmi del fatto che rubasse i soldi del cibo per giocarseli. Ero stata vessata da quell'uomo per anni. A meno che non avessi risolto il problema con Ralph, non sarei stata davvero libera. Si aspettava un pagamento e, una volta arrivato sabato, sarei stata sua.

Pensai alle famiglie di Bridgewater. Olivia era sposata con tre uomini. Tre! Simon, Cross e Rhys non erano *minimamente* come Frank. Loro erano gentili, premurosi e sicuri di sé e stravedevano per Olivia amandola come se il sole e la luna fossero girati attorno a lei. Erano anche molto protettivi e... dominanti nei suoi confronti, ma lei non sembrava rifuggire da quella cosa come avevo fatto io con Frank. Proprio come avevano detto il signor Tyler e il signor Xander, lei si sottometteva a loro.

Io volevo sottomettermi a quei due uomini? Mi avevano offerto un matrimonio e tutte le promesse che ciò avrebbe comportato. Ma volevo sposarli e lasciare che fossero autorevoli e dominanti e sempre al comando? Sarebbero stati come Frank o come i mariti di Olivia? La possibilità che quei due si portassero via i miei fardelli aveva un gran potere. Ero stata una brava moglie, una moglie disciplinata per Frank, ma lui non era stato un marito degno. Era stato quello il problema? Era stato Frank? Loro avrebbero alleviato le mie preoccupazioni? Avrebbero potuto proteggermi da Ralph?

Ma certo che sì. Tornai a sedermi sul letto, ascoltando i rumori tenui della notte. Gli uomini erano la mia unica opzione. Se li avessi sposati, Ralph avrebbe dovuto lasciarmi in pace, arrendersi. Non avrebbe voluto mettersi contro al signor Tyler e al signor Xander. Non c'era competizione. Sapevo, poiché me l'aveva detto Olivia, che gestivano un ranch di bestiame a più di un giorno a cavallo da Bridgewater. Se li avessi sposati, forse Ralph non avrebbe nemmeno saputo dove sarei finita. Quegli uomini potevano letteralmente portarmi via dai miei problemi.

Il prezzo, tuttavia, sarebbe stata la mia libertà. Il mio corpo. La mia vita. Avrei dovuto arrendermi a loro completamente. Me l'avevano detto con dettagli molto carnali. Volevano *scoparmi*. Il solo pensiero mi scaldava il corpo. Mi spinsi via il lenzuolo dalle gambe. Come sarebbe stato avere due uomini? Sarei riuscita a gestirlo? Se Olivia riusciva a soddisfare tre uomini, di certo io sarei stata in grado di soddisfare le necessità di due. No? Non ero vergine, né una ragazzina. Non sapevo nulla delle cose carnali cui avevano accennato. E se non fossi stata abbastanza? Se non fossi stata in grado di soddisfarli?

Gemetti. I miei pensieri correvano in circolo. La soluzione ai miei problemi si era trovata di fronte a me. Due uomini alti, bellissimi e potenti. Le mie abilità in camera da letto erano l'ultima delle mie preoccupazioni. Avevo sprecato un giorno intero a pensare a loro. Avevano cambiato idea? E se si fossero trovati un'altra donna che li avesse colpiti tornando in paese? Erano tanto disonorevoli? Fui colta dal panico a quella possibilità. Non sarebbe potuto accadere nulla in quel momento, nel mezzo della notte. Non c'era altro da fare che attendere l'indomani mattina, indossare il mio abito migliore e cavalcare fino a Bridgewater per scoprirlo.

XANDER

NON RIUSCIVO A CREDERE che avesse bussato alla porta e avesse accettato di sposarci. Era venuta a cavallo fino a Bridgeater, alla casa di Kane e Ian, desiderando esplicitamente noi. Non per fare visita ad Olivia. Quando ero sceso dalle scale e l'avevo vista lì in piedi, avevo sentito le parole, «Vi scoperò entrambi» uscire dalle sue labbra, ero rimasto colpito. Per quanto avessi desiderato ardentemente sentire una donna pronunciare quelle parole, non mi ero mai aspettato che sarebbe successo. Era dannatamente eccitante e assolutamente spaventoso.

Tyler era cresciuto sapendo di avere due padri, che avevano sposato e che condividevano insieme sua madre.

Quella dinamica era uno stile di vita per lui. Io avevo conosciuto tutti e tre i suoi genitori e avevo visto come funzionasse bene, come i due uomini amassero la madre di Tyler. Stravedevano per lei. La apprezzavano. La proteggevano.

Non ero degno di avere una moglie tutta mia, visto il mio tremendo passato. Quale donna – perfino una vedova disperata – avrebbe desiderato un detenuto come sposo? Non avevo avuto un solo genitore, figuriamoci tre come Tyler.

Tuttavia, la volevo e glielo avevo detto. Non significava che sarei andato bene per lei. Ero stato egoista nelle mie parole, ma non volevo che nessun altro uomo a parte me e Tyler l'avesse.

Mi sentivo meglio sapendo che qualunque moglie avessi avuto, avrebbe avuto anche Tyler. Le sue usanze – quelle di Bridgewater – proteggevano Emily da me, dal mio passato. Se mi fosse successo qualcosa, sarebbe stata al sicuro con Tyler.

Dopo che l'avevamo salutata il giorno prima, avevo immaginato che io e Tyler l'avremmo dovuta persuadere, magari restare perfino a Bridgewater per il periodo di tempo necessario a corteggiarla. Come diavolo si facesse, non ne avevo idea. Potevo solamente sperare che Tyler sapesse cosa fare. L'approccio diretto non aveva funzionato, dal momento che l'avevamo guardata allontanarsi a grandi passi, tutta agitata dalla nostra conversazione, e non in senso buono. Probabilmente avrei mandato a monte un semplice corteggiamento dal momento che non ero il tipo che cercava di conquistare una donna. Le avevo detto senza peli sulla lingua che cosa le avremmo fatto e temevo di aver esagerato. Ero stato onesto, però. Aveva saputo esattamente che tipi eravamo.

Tuttavia, quando me l'ero vista lì in piedi nell'ingresso, bella come un dipinto, e lei aveva detto che ci avrebbe scopati entrambi, ero quasi venuto all'istante nei pantaloni. Tra noi due, non ero io quello delicato. Non avrei mai fatto del male a Emily, assolutamente no, ma l'oscurità che mi portavo dentro mi rendeva severo. Rozzo. Esigente. Per qualcuno di così innocente e... fragile come Emily, dovevo essere travolgente e forse perfino spaventoso.

Avevo perso il controllo della mia vita quando ero stato mandato in prigione. Adesso che ero libero, tenevo quel potere in una presa ferrea e mi rifiutavo di concederlo a chiunque, nemmeno a una donna tanto minuta. Per cui, quando avevo premuto Emily contro la porta d'ingresso, mi ero inginocchiato, le avevo strappato via le mutande e le avevo divorato quella dolce figa, aveva capito subito che non sarei stato un amante delicato.

Quando Tyler si era preso il suo turno, era stata la vista di lei che si sottometteva tanto dolcemente al suo tocco – non si era nemmeno resa conto di averlo fatto – che mi aveva fatto gustare il suo sapore sulla mia lingua. Era venuta in maniera così bella, così completa, per lui.

«Cazzo,» mormorai, sellando il cavallo per il viaggio in paese per andare a chiamare lo sceriffo. Come giudice di pace, si era già occupato di un matrimonio di Bridgewater in passato e aveva famigliarità con quella fretta. «Dobbiamo sbrigarci.»

Non vedevo l'ora di tornare e far pronunciare i voti a Tyler. Renderla legalmente sua. Sarebbe stata anche mia. Solo perché la legge non permetteva a due uomini di condividere una sposa, non significava che il mio onore non mi avrebbe legata a lei altrettanto seriamente.

«Lo so. Cristo,» replicò Tyler. Si passò una mano sulla nuca e scosse la testa.

Non era stata una sorpresa che avesse accettato di sposare Tyler. Era l'uomo che qualunque donna avrebbe desiderato. Era ricco, potente nel Territorio del Montana e gestiva un'impresa di bestiame di successo avviata dai suoi due padri. Le donne voltavano la testa nella sua direzione, quando gli passavano accanto e lui era un abile amante. Il modo in cui aveva fatto venire Emily ne era stata una prova sufficiente.

Mi aggiustai l'uccello in una posizione più comoda mentre salivamo in sella, ripensando al suo volto quando era venuta. Emily aveva accettato di andare a fare visita ad Olivia, mentre noi andavamo in paese. Non si era preoccupata della nostra fretta ed era stata irremovibile sul fatto che la cerimonia si sarebbe dovuta tenere a Bridgewater. In effetti, voleva concludere le faccende legali tanto velocemente quanto noi. Il suo orgasmo l'aveva forse resa tanto impaziente di averne ancora?

«Ha detto di sì,» commentai, sorpreso. Voltai il cavallo in direzione del paese e strinsi le cosce per metterlo in marcia.

Tyler voltò la testa e sogghignò. Mi cavalcò accanto. «Ha detto di sì. Riesco ancora a sentire il suo sapore.»

Aveva un gusto dolce, come il miele, ma muschiato e quasi decadente. Era come il whiskey migliore; ne volevo ancora.

«Avresti dovuto vedere la sua faccia quando è venuta. È così bella, cazzo.»

Tyler gemette. «Non credo che suo marito si prendesse cura di lei.»

Scossi la testa. Ero sicuro che quell'uomo non le avesse mai dato piacere a letto. Il modo in cui aveva reagito a noi, tanto facilmente e con tale stupore, era come se non avesse mai ricevuto un orgasmo da un uomo in passato. Se così fosse stato, adesso aveva avuto un accenno di come sarebbe stato in futuro, dopo la breve cerimonia.

Era un bene che quello stronzo di suo marito fosse

morto, altrimenti l'avrei ucciso io stesso. Non mi importava di tornare in prigione. Emily non si meritava di stare con un ubriacone che non la trattava bene. Si meritava degli orgasmi quotidiani da parte dei suoi uomini. «Si è sopresa del fatto che ce la volevamo prendere contro la parete.»

«O di giorno.»

«O con la bocca.»

Ce l'avevo di nuovo duro. Cazzo. Incitai il mio cavallo ad andare più veloce. «Abbiamo molto da insegnarle. Stanotte.»

7

Emily

Tyler e Xander mi avevano accompagnata fino a casa di Olivia, ma mi avevano permesso di andare alla porta da sola. Erano impazienti di andare in paese e tornare con lo sceriffo per eseguire la cerimonia. Quando avevo detto di sì allo sposarli, non mi ero aspettata che sarebbe successo immediatamente. Tuttavia, dopo ciò che mi avevano fatto – Dio, sentivo ancora gli strascichi delle loro attenzioni – forse era una buona idea. Non indossavo le mutande. Xander se l'era infilate da qualche parte ed io non ero riuscita a trovarle ed ero bagnata tra le cosce. Sensibile. Pulsante di desiderio.

Un matrimonio frettoloso era una buona cosa, ma non in paese. Non ero voluta tornarci. E se mi avesse vista Ralph? E se avesse raccontato agli uomini ciò che avevo fatto? A quel punto non mi avrebbero sposata e di certo lo sceriffo mi avrebbe sbattuta direttamente in una cella in galera. Quale uomo avrebbe voluto sposare un'assassina? Se non mi avessero sposato loro, non avrei saputo cosa fare. Maledetto Frank. Avrebbe perfino potuto rovinare ciò che ci sarebbe potuto essere tra me, Tyler e Xander. A giudicare dal modo in cui la mia... figa formicolava, avevo una vaga idea di cosa ciò potesse comprendere.

Mi offrirono una delicata carezza con le dita sulla guancia prima di andare a sellare i cavalli nelle stalle. Io mi presi qualche istante da sola, dal momento che quei due erano travolgenti non solo per il mio corpo, ma anche per i miei pensieri. Indugiai fuori dalla casa di Olivia alla luce splendente del sole, a riflettere. Su di loro.

Mi ero preoccupata che non mi avrebbero voluta, ma era stato inutile. Non solo avevano accettato, ma avevano preso in mano la situazione. Si erano mostrati autoritari e prepotenti e avevano mantenuto la loro parola circa il modo in cui mi avrebbero presa. Avevo pensato che sarebbe successo una volta sposati, non in quel preciso istante contro la porta d'ingresso. La mia... figa si contrasse al ricordo della loro bocca su di me in quel punto. Non avevo idea che fosse perfino possibile, o che un uomo potesse infilare il proprio dito nel mio sedere, come aveva fatto Xander. Oh, era stato tutto così bello. Tutto ciò che avevano fatto era stato... incredibile.

Avevano avuto il cazzo duro e non era stato soddisfatto dopo che si erano occupati di me. Avevo pensato che a quel punto mi avrebbero scopata, ma loro si erano rifiutati, dicendo che una scopata avrebbe dovuto attendere il matrimonio. Ero rimasta sorpresa dalla loro determinazione in quello, ma dava prova del loro onore. Dopo la cerimonia, però, avrei avuto due mariti molto impazienti e molto arrapati da soddisfare.

Un rumore mi distrasse dai miei pensieri. Un altro.

Guardai in direzione della casa, quando sentii una donna urlare. Olivia. Era stato un grido acuto, un verso di dolore. Lo conoscevo bene, poiché Frank mi aveva picchiata e quel verso mi era sfuggito dalle labbra un paio di volte. Gli uomini di Olivia la stavano picchiando? Non poteva essere. Non l'avrebbero fatto. Esitai. Vero?

Mi morsi un labbro, prendendo una decisione. Avevo solamente Frank come esempio di marito, per cui era decisamente possibile.

Non avrei permesso che la mia amica venisse maltrattata dai suoi uomini. Avevo permesso a Frank di essere un pessimo marito per me per anni prima di averne avuto abbastanza. Tuttavia, io avevo avuto solamente un uomo con cui vedermela. Olivia non poteva colpire tre uomini alla testa con una padella e cavarsela. Salendo in punta di piedi i gradini fino alla porta d'ingresso, la aprii e rimasi in ascolto. Un orologio che ticchettava e il suono del vento caldo dietro di me fu tutto ciò che sentii. Mi ero sbagliata?

«No, non voglio,» disse Olivia, la voce che mi arrivava attutita dal corridoio.

«Lo farai.» La voce di uno dei suoi mariti fu profonda e autorevole, per quanto bassa. Si trovavano nell'ufficio degli uomini sul retro della casa.

Un forte schiocco riempì l'aria, facendomi trasalire. Olivia urlò. «No!»

La *stavano* picchiando!

«Noi sappiamo di cosa hai bisogno.» Un'altra voce.

«Non ho bisogno di *quello*,» controbatté Olivia.

Un altro colpo.

Non potevo starmene lì e permettergli di fare del male alla mia amica. Non mi importava che quegli uomini fossero più grandi di me.

Afferrai il fucile che si trovava sui ganci accanto alla

porta d'ingresso, carico e pronto a qualunque genere di pericolo fuori. Andava bene anche per dei guai all'interno della casa. Il suo peso mi fece cadere le braccia lungo i fianchi, ma lo sollevai, mi avviai lungo il corridoio e feci irruzione nella libreria.

«Lasciate in pace Olivia!» urlai, agitando il fucile.

Mi femai di colpo appena superata la soglia, mentre osservavo la scena che mi si parava di fronte. Olivia era nuda e piegata a novanta su una delle scrivanie. La mano di Simon le stava accarezzando la pelle arrossata del sedere, mentre Cross aveva due dita infilate a fondo nel suo... oddio. Non si trovavano nella sua figa, ma nel suo ano, come aveva fatto Xander con me poco prima. Tuttavia Cross ne stava usando due ed erano *completamente* infilate dentro di lei.

Oh Dio santo! L'area che veniva allargata era umida e luccicante. Il suo sesso era privo di peli e risucivo a vedere che le sue labbra in quel punto erano di un rosa acceso, gonfie ed ugualmente luccicanti. Rhys stava tenendo un pezzo di legno dalla forma strana accando alla testa china di Olivia. Nell'altra mano si teneva... oddio, il membro ed era grande, rosso e molto duro. Se lo stava accarezzando lentamente col pugno. Non ne avevo mai visto uno così grande. Be', avevo visto solamente quello di Frank e non era stato minimamente così. Il profilo degli uccelli di Xander e Tyler indicavano che sarebbero stati di dimensioni simili. Deglutii all'idea di qualcosa di tanto grande che mi si infilava dentro. Xander aveva detto perfino di volermelo mettere nel... culo. Lo contrassi al solo pensiero.

Rhys e Cross si raggelarono alla mia apparizione improvvisa. Simon si voltò a guardarmi. Il suo membro gli usciva dai pantaloni slacciati e non potei impedirmi di fissarglielo. A dire il vero, non sapevo proprio dove guardare.

«Emily!» esclamò Olivia. Questa volta il tono della sua voce recava una traccia di imbarazzo, non di timore.

«Emily, abbassa il fucile,» disse Simon, allungando le mani di fronte a sé. Io non sapevo se avrei dovuto mantenere la posizione nella remota possibilità che stessero facendo del male ad Olivia – era chiaro che così non fosse – o scappare via imbarazzata.

Mi sentii arrossire e distolsi lo sguardo, abbassando il fucile. «Mi... Pensavo le steste facendo del male.»

Avrei voluto sotterrarmi, in quel momento. Stavano toccando Olivia in maniera intima, le stavano facendo cose oscure e audaci. Corsi fuori dalla porta e, con dita tremanti, rimisi il fucile sulla parete nell'ingresso. Mi facevano male le braccia per aver tenuto in mano quell'arma pesante.

L'ampia figura di Simon riempì la porta. «Emily, noi non le faremmo mai del male. Devi saperlo.»

Io annuii, ma non riuscivo a guardarlo negli occhi. «Sì, lo so.»

«Sei già stata sposata, ma imparerai che le cose vengono fatte in maniera diversa qui a Bridgewater. Xander e Tyler te lo mostreranno.»

Non ammisi con lui che l'avevano già fatto, se non altro un po'.

Per quanto non potessi vedere Olivia, sentii il suo gemito flebile. Gli altri suoi uomini non avevano interrotto le loro attenzioni per via della mia intrusione.

«Lo senti? Non le stiamo facendo del male, bensì le stiamo dando piacere. Le piace, le piace ciò che facciamo con lei, per quanto ti possa essere sembrato il contrario.»

«Sì, va bene.» Volevo solamente dire qualunque cosa fosse servita per togliermi velocemente d'impiccio.

«Immagino, dal momento che ti trovi qui, che hai accettato di sposarti?»

Annuii, guardando a terra.

«Dove sono i tuoi uomini?» mi chiese.

Olivia gemette. «È così grande.»

Arrossii di nuovo, immaginando di cosa parlasse. «Sono andati a prendere lo sceriffo. Io... um... andrò ad aspettarli a casa loro, voglio dire, a casa di Ian e Kane. Ti lascio... um... tornare da Olivia.»

Non attesi che dicesse altro, ma corsi fuori dalla porta aperta e giù per i gradini della veranda.

«Sì! Ancora, Rhys. Ti prego, ancora!» La voce molto soddisfatta di Olivia mi raggiunse nonostante mi stessi allontanando di corsa.

~

TYLER

«Simon ha detto che dovremmo chiederti di una scena a cui hai assistito mentre ci trovavamo in paese,» dissi, chiudendo la porta della casa di Kane e Ian. Era la porta contro cui avevamo premuto Emily solo poche ore prima, scoprendo tutti quanti come sarebbero state le cose tra di noi. Era la nostra sposa, adesso, lo sceriffo era venuto con gioia fino a Bridgewater per celebrare il breve rito.

«Che cosa hai visto, dolcezza?» chiese Xander, appendendo il cappello ad un gancio.

Lei non voleva incrociare lo sguardo di nessuno dei due e si tormentava l'abito con le mani. Avevo una certa idea in cosa si fosse imbattuta, ma volevo sentirlo da lei. Mi stavo godendo il vederla tanto agitata. Era un chiaro segno del fatto che, per quanto fosse stata sposata, il suo defunto marito non l'aveva derubata di tutta la sua innocenza.

«Oh, um... be', li ho interrotti.»

Gli uomini di Bridgewater non si accoppiavano semplicemente con le loro mogli sotto le coperte al buio, sollevando la camicia da notte della loro sposa per farsela. Possedevano il suo corpo e la sua anima. Nulla era considerato inappropriato. L'addestramento e il sesso anale. Il succhiare cazzi. Due uomini insieme, che riempivano entrambi i buchi. Giocare coi capezzoli. Se una donna di Bridgewater era vogliosa, i suoi uomini si prendevano cura di lei, in qualunque momento e in qualunque luogo.

«Stavano scopando?» domandò Xander, cercando di estrarle le parole di bocca.

Lei sollevò di scatto la testa e spalancò la bocca. Arrossì. «Be', no. Non esattamente.»

«Le stavano leccando la figa?» chiesi io. I suoi occhi scuri incrociarono i miei ed io guardai le sue pupille dilatarsi. Ah, le piaceva parlare sporco, ma non ci era abituata.

Lei scosse la testa e si morse un labbro.

Infilai la mano nella piccola sacca di stoffa che mi aveva dato Rhys. Un regalo di nozze, mi aveva detto, poi mi aveva dato una bella pacca sulla spalla. Era piena dei dildo e dei plug fatti a mano che aveva prodotto al tornio. Per lui era un hobby ed era diventato piuttosto utile per chiunque a Bridgewater. A questi uomini piaceva addestrare le loro mogli ai giochi e al sesso anale così come sarebbe piaciuto a me e Xander.

«Stavano usando una cosa simile?» Sollevai un plug che presto avrebbe riempito l'ano vergine di Emily. L'avremmo presa lì, eventualmente ce la saremmo scopata insieme, con Xander che le riempiva quel buco inviolato, mentre io mi prendevo la sua figa stretta.

Lei spalancò gli occhi nel vederlo. Non era il plug più piccolo, dal momento che non era né esile né corto. In effetti, quando l'avessimo infilato dentro di lei, Emily avrebbe avuto una bella idea di che sensazione le avrebbe dato un cazzo in quel posto.

«Non stavano... non ancora.»

Xander se ne andò nel salotto ed io allungai un braccio per indicarle di seguirlo. Di là, lui si sedette in una delle comode poltrone situate attorno al caminetto spento.

«Dunque non la stavano scopando e lei non aveva un plug nel culo,» commentò Xander. «Ciò significa che la stavano preparando per il plug, per scoparsela lì. Chi è che aveva le dita nel culo della tua amica?»

Xander era decisamente più brusco di me.

«Cross,» ammise Emily.

I suoi modi diretti funzionavano con la nostra nuova sposa, dal momento che ero sorpreso del fatto che avesse effettivamente risposto. Tuttavia, l'aveva fatto. Ciò significava che avrebbe risposto ad altre cose dette da Xander. Inarcai un sopracciglio e gli lanciai un'occhiata, mentre gli rivolgevo un leggero cenno del capo. Volevo che continuasse.

«Togliti il vestito, dolcezza.» Xander posò i gomiti sui braccioli della poltrona e unì le dita delle mani, in attenta osservazione.

Le sue labbra rosee si spalancarono ed io sentii un piccolo sussulto sfuggirle. Quel verso mi arrivò dritto al cazzo. Volevo vedere quelle labbra aperte allargasi attorno alla punta stondata del mio uccello.

«Hai bisogno che ti aiuti?» Le andai alle spalle e le baciai la nuca. Lei trasalì. «Ssh,» le canticchiai contro la pelle dal profumo dolce. Era morbida, setosa e calda sotto le mie labbra.

«Xander è quello autoritario. Mostriamogli ciò che vuole.» Gli lanciai il plug così da poter avere entrambe le mani libere. Aggirando la sua vita, le slacciai lentamente i bottoni in cima all'abito modesto. Sapevo che non indossava le mutande al di sotto, dal momento che prima non gliele avevamo restituite.

La osservai mentre il suo respiro cambiava, guardai il modo in cui i suoi seni si alzavano e si abbassavano contro le mie mani, mentre scendevo sul davanti. Guardando da sopra la sua spalla, riuscii a vedere i rigonfiamenti color crema dei suoi seni che fuoriuscivano dal corsetto stretto. La sottoveste non nascondeva affatto quanto fossero invitanti.

Una volta terminati i bottoni, le posai le mani sulle spalle esili, con gentilezza e delicatezza così da non spaventarla. Non pensavo che sarebbe scattata come un cavallo agitato, me se avessi voluto affondare presto il cazzo dentro di lei, avrei voluto che si fosse mostrata disponibile. Lentamente, le feci scivolare l'abito giù dalle spalle e lungo le braccia, sempre più in basso fino a quando non le rimase appeso in vita. Con un un'ultima spinta e una scivolata delle mie mani sulle sue curve abbondanti, cadde silenziosamente a terra.

Un muscolo nel collo di Xander pulsò alla vista del suo corpo.

Riportando su le mani lungo i suoi fianchi, sollevai il tessuto delicato della camicia da notte mentre salivo. Un poco alla volta, la sua figa venne esposta allo sguardo di Xander. Lui si chinò in avanti, appoggiandosi gli avambracci sulle cosce e inalando bruscamente.

Non smisi di salire fino a quando la sottoveste non si liberò anche dei suoi capelli e la lasciai cadere a terra. Volendo vederla, feci il giro da dietro di lei e mi rifeci gli occhi.

Emily se ne stava lì in piedi di fronte a noi, nervosissima, eppure immobile. Il corsetto le stringeva forte la vita, il che non faceva che sollevarle e gonfiarle i seni pieni. Se il bordino superiore non fosse stato ricamato di pizzo, di sicuro si sarebbero riusciti a vedere i suoi capezzoli.

La sua figa, diamine, la sua figa era stupenda. Labbra rosee che non riuscivano a venire nascoste dai riccioli scuri. Il suo clitoride sporgeva in fuori, come se fosse stato impaziente di avere di nuovo le nostre bocche su di sè. Una volta che l'avessimo depilata, nulla avrebbe nascosto la sua bellezza. L'uccello mi premeva dolorosamente contro i pantaloni, impaziente di percepire il suo calore umido.

«Sei stupenda, dolcezza.» La voce di Xander era più morbida di quanto l'avessi mai sentita in passato. Piegò un dito e lei fece con esitazione un passo in avanti, poi un altro fino a trovarsi in piedi tra le sue ginocchia aperte. Lui le afferrò le natiche e ne accarezzò la pelle elastica prima di sollevare le mani e slacciarle il corsetto. Quando lasciò cadere a terra l'indumento rigido, i suoi seni ricaddero giù liberi.

Xander imprecò tra i denti mentre li prendeva tra le mani. Erano tanto pieni da strabordare e i capezzoli, di un adorabile colore rosato, si indurirono.

Mi prudevano le mani dalla voglia di toccarla. Era nostra adesso. Nulla mi impediva di farlo, per cui le andai dietro, premendo tutto il mio corpo contro la sua schiena. Seppi quando la sentii sussultare che aveva sentito il mio uccello contro il fondoschiena. Quando Xander le fece scivolare le mani lungo il ventre e tra le gambe, allargandogliele così da poter accarezzare la sua pelle sensibile, fu il mio turno di stringerle i seni.

Riempivano più che abbondantemente i palmi, erano a forma di goccia e pesanti nelle mie mani. Con un movimento dei miei pollici, i suoi capezzoli si indurirono ulteriormente. Quando glieli strattonai, lei inarcò la schiena e gridò.

«È diverso con due uomini, non è vero?» mormorai, divertito. Avrei potuto giocare coi suoi seni tutto il giorno mentre Xander le faceva altre cose. Non ero il solo a occuparmi del suo piacere.

Lei annuì contro la mia spalla. «Frank, lui non mi ha mai... Non era mai così.» Aveva la voce esile, meravigliata.

Seppi quando Xander le infilò un dito dentro, poiché lei si alzò in punta di piedi, il che le fece tirare i capezzoli tra le mie dita.

«Sta gocciolando,» commentò Xander, la testa abbassata ad osservare la propria mano all'opera. «E mi sta strizzando le dita. Non vedo l'ora di averla sul mio cazzo.»

Un piccolo gemito le sfuggì dalle labbra quando lui le estrasse le dita da dentro, si slacciò i pantaloni e liberò il proprio uccello. Un raro ghigno gli si aprì in volto quando sollevò lo sguardo su Emily mentre se lo menava.

«Questo è per te, dolcezza. Salta su e fatti un giro.»

Ero felice che Xander non volesse tirarla per le lunghe. Ero stato pronto per lei sin da quando le avevo aperto la porta appena dopo pranzo. Lui aveva controllato che fosse pronta anche lei. A giudicare dai rumori umidi che si erano sentiti, quando Xander le aveva estratto le dita dalla figa, sapevo che era più che pronta ad accogliere i nostri cazzi.

Con le mani sui suoi fianchi, aiutai Emily a sistemarsi con le ginocchia ai lati del bacino di Xander, poi la abbassai sulla punta larga del suo uccello.

Quando lei affondò, poco alla volta, riempiendosi la figa del suo enorme cazzo, sollevò le mani per afferrare le sue spalle in cerca di equilibrio. Spalancò gli occhi e aprì la bocca sorpresa.

Scosse la testa e cominciò ad agitarsi in grembo a Xander. «È troppo grande. No... non funzionerà.»

Facendole scorrere una mano lungo la spina dorsale, cercai di tranquillizzarla. «Ssh, piccola. Ci starà. Te lo prometto. Fai con calma. Vai piano e lascialo entrare.»

Prima fosse riuscita a cavalcare Xander fino all'orgasmo, prima io sarei riuscito a venire a mia volta.

8

MILY

Era troppo grande. Dio, il... cazzo di Xander era decisamente troppo grande per starmi dentro. Frank era stato minuscolo in confronto agli uccelli di Simon e Rhys che avevo visto inavvertitamente prima, ma Xander...

Il suo pene era spesso e lungo con una punta violacea. Delle vene spesse gli correvano su tutta la lunghezza quando se lo afferrava alla base. Mi stava aprendo e allargando così tanto... così tanto che mi agitai e cercai di sollevarmi, ma Tyler mi teneva fermi i fianchi e mi stava spingendo sempre più in basso.

Artigliai le spalle di Xander, spaventata. «Non voglio.»

Le mani di Tyler svanirono e quella grande di Xander mi prese la mandibola. Era così calda che riuscivo a sentirne i calli ruvidi sul palmo. «Smettila di muoverti,» mi ordinò.

Mi immobilizzai, con solo una parte di lui a riempirmi.

La severità delle sue parole mi fece concentrare, mi diede qualcosa a cui prestare attenzione a parte i miei timori.

«Brava ragazza. Ora, rilassati e basta. Tutto qui. Sei così bagnata, dolcezza, che ne ho la punta del cazzo tutta ricoperta. Fa' un respiro profondo e rilassati. Ecco.»

Il tono di Xander, per quanto diretto, era quasi tranquillizzante. Mi stava guidando, distraendomi dal disagio. Quando rilassai effettivamente i muscoli interni, scivolai leggermente più in basso su di lui. Aveva ragione, la mia umidità agevolava il suo ingresso, ma avevo comunque la sensazione di starmi aprendo in due.

«Alzati e abbassati, abituati alla sensazione del mio bel cazzo grande.»

Mi sollevai sulle ginocchia e mi alzai da lui, ma la sua punta larga mi restava insinuata appena all'interno, intrappolata dentro di me dalle mie labbra gonfie. Con attenzione, mi abbassai nuovamente solo di poco. Andai su e giù, appena di un centimetro, poi di più fino a quando i rumori umidi della scopata non riempirono l'aria.

«Adoro vedere la sua figa che si divora il tuo cazzo,» mormorò Tyler. «E il modo in cui i suoi seni stanno rimbalzando, Dio, verrò ancor prima di entrarle dentro.» Non mi ero resa conto fino ad allora di aver chiuso gli occhi e mi ero quasi dimenticata che ci fosse anche lui. Mi ero dimenticata di tutto a parte la sensazione di Xander che mi riempiva all'inverosimile. Non c'era modo migliore di dirlo, perché con ogni millimetro che guadagnava in ingresso, io mi sentivo sempre più piena. Quando finalmente mi sedetti direttamente sulle sue gambe fasciate dai jeans, la sensazione del tessuto ruvido che mi sfregava nella parte posteriore delle cosce, aprii gli occhi.

Xander mi stava osservando, gli occhi quasi neri, la

mascella serrata. Un angolo della sua bocca era sollevato verso l'alto. «Vedi, dolcezza, ci sto alla perfezione.» Portò le mani sui miei fianchi. «È ora di muoverti adesso. Ah, merda, non stringermi il cazzo così a meno che tu non voglia farmi venire subito.»

Ringhiò quando lo feci di nuovo e mi resi conto del mio potere femminile. Non durò a lungo, dal momento che la sua presa si strinse e lui cominciò a muovermi come desiderava fino a quando non mi trovai a cavalcare davvero il suo cazzo. Il bruciore e la sensazione di venire allargata furono sostituite da intense ondate di piacere, specialmente quando Xander sollevò i fianchi mentre mi attirava in basso su di sé. La leggera punta di dolore quando andò a scontrarsi col fondo del mio canale si dissolse in delizioso piacere.

In qualche modo, il suo uccello accarezzava punti dentro di me che non avevo nemmeno idea esistessero e la cosa mi accaldava sempre di più rendendomi sempre più impaziente di averne ancora.

«Sì,» annaspai dopo una brusca spinta. Gli afferrai la camicia, artigliandogli le spalle mentre lasciavo ricadere indietro la testa, i miei fianchi che prendevano a muoversi da soli, girando in cerchio e cercando di far montare il piacere. Di seguirlo.

Delle mani mi afferrarono i seni mentre io continuavo a muovermi, delle dita che mi pizzicavano i capezzoli. Dopo una stretta particolarmente forte, gridai.

«Le piace,» commentò Tyler. Mi pizzicò un po' più forte.

«Cristo, mi strizza il cazzo quando fai così. Ancora,» disse Xander.

Tyler quella volta strattonò, tirandomi i capezzoli così che quando mi muovevo venivano strattonati quasi dolorosamente.

Non riuscivo a sopportarlo. Era troppo. *Loro* erano troppo. Venni con un sussulto, poi urlai quando Xander accelerò il passo, sfruttando il mio corpo per menarsi il cazzo, per ricoprirlo della mia eccitazione e portarlo al proprio orgasmo.

Ero persa, del tutto ignara di qualsiasi cosa a parte le sensazioni che quei due uomini erano in grado di suscitare nel mio corpo. Era un qualcosa di eccitante, morbido, doloroso e così meravigliosamente incredibile che non avrei mai voluto che finisse.

Sentii la presa di Xander sui miei fianchi stringersi ancora di più mentre spingeva una, due volte ancora, poi mi affondava dentro del tutto. Gemette mentre lo sentivo pulsare, riempiendomi del suo seme, ricoprendomi di quel liquido caldo.

I nostri respiri mozzati si mischiarono ed io mi accasciai contro il suo petto. Sentivo il suo cuore battere all'impazzata sotto il mio orecchio. Non seppi quanto a lungo restammo così, ma quando Xander mi sollevò tirandomi via dal suo uccello, sibilai nel sentirlo scivolare lentamente fuori e nel percepire il caldo fiotto di seme che lo seguì. Mettendomi a sedere, lo guardai e mi morsi un labbro.

«Mi dispiace di-»

Lui mi posò un dito sulle labbra. «Ssh. Non dire mai che di dispiace di qualcosa quando stiamo scopando. È naturale. È perfetto. Dobbiamo sapere come ti senti, che sensazione provi quando ti tocchiamo, quando ti riempiamo. Quando ci lavoriamo il tuo corpo. Ti faremo pressione, Emily. È nella mia natura. In quella di Tyler.»

«Avevo paura,» ammisi. «Ero... sopraffatta.»

«*Noi* siamo travolgenti,» commentò lui ed io sorrisi. «Tocca a Tyler, dolcezza. Non vuoi che muoia prima di sfogare il proprio orgasmo, vero?»

Io mi accigliai a quella domanda e mi lanciai un'occhiata alle spalle.

Tyler aveva il cazzo in mano e se lo stava menando. Osservai una goccia di liquido fuoriuscire dalla fessura e scivolare lungo la punta larga. Il suo uccello era più lungo di quello di Xander, ma non altrettanto spesso. Contrassi i muscoli al pensiero di farmi riempire anche da lui. Sapevo di poterlo accogliere, adesso.

«In ginocchio. Più in alto. Bene. Ora butta il culo in fuori e mostrami quella bella figa.»

Seguii le sue istruizioni e misi i seni direttamente in faccia a Xander. Avevo il sedere in fuori verso Tyler e mi trovavo in una posizione decisamente lasciva. Non c'era dubbio che riuscisse a vedere il seme di Xander colarmi fuori, dal momento che lo sentivo scendermi lungo le cosce.

«Ti succhierò questi bei capezzoli sensibili mentre lui ti scopa.» Xander sembrava molto emozionato all'idea. Quando si chinò per fare come aveva detto, io trasalii, poi mi rilassai con la sua calda e umida suzione.

Tyler mi accarezzò le labbra con un dito. «Gonfie e gocciolanti del seme di Xander. Non saprei dirti cosa mi fa vedere la tua apertura così. Tocca a me marchiarti, piccola.»

Fece quell'ultimo passo che ci separava e allineò il proprio uccello, facendolo scivolare nella mia umidità per poi insinuarlo contro la mia apertura.

«Entrerò piano, piccola. Inizialmente. Dovrebbe essere più facile per te dal momento che hai il seme di Xander dentro.»

Lui ringhiò contro il mio seno. Il leggero sfregamento della sua barba contro la mia pelle molto sensibile in quel punto non faceva che intensificare le sensazioni.

Posandomi una mano sulla spalla, Tyler mi tenne esattamente come desiderava mentre mi scivolava lentamente dentro verso l'alto. Il mio corpo non gli oppose resistenza come aveva fatto con Xander, quella volta il passaggio fu facile, proprio come aveva detto. Poteva essere stato il seme di Xander a facilitargli l'ingresso o la consapevolezza che fossi effettivamente in grado di gestire dei grandi cazzi. Non mi irrigidii, gli permisi semplicemente di sfruttare il mio corpo. Non avevo molta scelta: la sua presa ferrea sulla mia spalla non mi permetteva di muovermi e Xander mi teneva saldamente la punta di un seno tra i denti.

Potevo muovere i fianchi mentre lui entrava usciva, ma un colpo a sorpresa del suo palmo sulla mia natica esposta mi fece urlare e Xander mi lasciò andare.

«Stai ferma. Prenditi ciò che ti do.» La voce di Tyler recava quell'autorità che avevo cominciato a riconoscere in Xander e che mi faceva cose. Xander mi prese di nuovo un capezzolo in bocca e lo succhiò. Forte. Non fu un dolore acuto come quando Tyler l'aveva strattonato con le dita, ma quella sensazione calda e bagnata mi mandò degli spasmi direttamente nel ventre. Lui non indugiò su un capezzolo solo, ma si spostò dall'uno all'altro mentre Tyler mi scopava.

«Dio, adoro sentire il rumore umido della tua figa che mi risucchia, il modo in cui il mio cazzo ti scopa e ti riempie. Il seme di Xander ti ha resa così scivolosa.» La voce di Tyler non faceva che far montare il mio piacere. Adoravo sapere di starli soddisfacendo entrambi.

«È il momento di venire di nuovo, dolcezza,» disse Xader, il suo fiato che mi colpiva un capezzolo umido. «Verrai perchè te lo dico io. Verrai perchè mi prenderò quel piccolo capezzolo in bocca e lo morderò. Forte.»

«Cazzo, Xander, mi ha appena strizzato il cazzo all'inverosimile,» disse Tyler, la voce roca. Mi baciò sulla nuca e mi mordicchiò la pelle sensibile.

Urlai e gettai indietro la testa. Mi formicolavano le dita di mani e piedi, perfino al punta delle orecchie. Era come se ogni singola goccia di piacere mi stesse andando a finire tra le gambe: come se la mia figa si fosse risvegliata per la prima volta. Quei due mi avevano estratto un piacere che non avevo mai nemmeno saputo fosse possibile. Mi rendeva la pelle madida di sudore, mi mozzava il respiro in gola e mi faceva battere forte il cuore.

Non potevo più trattenermi. La sensazione dell'uccello di Tyler che colpiva quei punti appena scoperti dentro di me e le parole carnali di Xander mi avevano portata così vicina al limite.

Quando Xander mi prese il capezzolo in bocca e lo leccò delicatamente, io contrassi i muscoli mentre Tyler mi si spingeva dentro ancora più forte. Era la trepidante attesa di ciò che sarebbe successo di lì a poco che mi teneva proprio... lì.

Quando i denti di Xander affondarono nel capezzolo sensibile, il dolore si irradiò da quel punto minuscolo espandendosi in tutto il mio corpo. Ebbi sempre più caldo fino a quando non esplosi, avvolta dalle fiamme. Fu il cazzo di Tyler, però, che fece proseguire quelle sensazioni, che mi fece gridare, sussultare il suo nome, fare una smorfia quando il dolore nel mio seno si dissolse nel piacere più decadente.

Tyler mi attirò all'indietro sul suo cazzo, infilandosi a fondo dentro di me mentre gemeva. Sentii il suo seme riempirmi come aveva fatto quello di Xander, caldo e pulsante. Mi sentivo rivendicata, completamente e interamente presa. Non c'era dubbio sul fatto che mi avessero fatta loro quella prima volta.

Ero persa sotto quell'incantesimo. Se il loro intento era

convincermi a pensare che fossero gli uomini giusti per me, non dovevano fare altro. Ciò che era appena accaduto era stato un fulmine a ciel sereno. Era stato molto, molto di più ed io ne volevo ancora.

E ancora.

9

ANDER

Tyler si tirò fuori dalla figa di Emily. Vidi il rammarico sul suo volto nel farlo. Conoscevo quella sensazione. Avrei voluto tenere il mio cazzo infilato a fondo dentro di lei per sempre. La calda sensazione della sua figa, il modo in cui i suoi muscoli interni si contraevano e strizzavano, il modo in cui reagiva quando mi muovevo dentro di lei, bastavano a farmi desiderare di non uscirne mai. Tuttavia, quando Emily mi si accasciò in grembo mentre si riprendeva dai suoi due orgasmi, mi godetti la morbida sensazione di tenerla tra le braccia. Era così piccola, eppure aveva delle curve super abbondanti. Sentire la sua pelle setosa, vedere la sottile ragnatela di vene al di sotto della superficie, perfino il suo dolce sapore mi rendeva molto possessivo.

Mentre ero stato in prigione, non mi ero mai immaginato che avrei avuto una donna da poter dire mia. Non avevo mai pensato che avrei conosciuto le sensazioni suscitate da una bella scopata sudata. Sapere che il mio seme fosse a fondo dentro di lei per fare un bambino. Condividerla col mio amico rendeva il tutto ancora migliore. Sapere che lui sarebbe stato altrettanto protettivo, altrettanto possessivo nei suoi confronti quanto lo ero io. Il nostro seme si mescolava dentro di lei, la ricopriva e la marchiava. Se avessimo fatto un figlio, diamine, non se, ma quando, dal momento che ce la saremmo presa fino a quando non fosse maturato un bambino dentro di lei, non avrebbe avuto importanza chi fosse stato il padre. Sarebbe stato nostro tanto quanto lo era Emily.

Non volevo che nessun altro la vedesse come la vedevamo noi, non così, tutta sudata e appiccicosa per via del nostro seme, senza fiato e svuotata dalla soddisfazione. Non la sua pelle chiara, non il desiderio nei suoi occhi, la sorpresa per il modo in cui l'avevamo fatta sentire, la sua espressione quando era venuta. Avrei voluto picchiare il suo defunto marito per averla avuta per primo. Lei era nostra. Se l'avesse dubitato, ce la saremmo scopata fino a quando non avesse concordato.

«Non abbiamo ancora finito con te, dolcezza,» mormorai.

Lei sfregò il viso contro la mia camicia.

«Perchè sono l'unica nuda?» chiese.

Sollevai lo sguardo su Tyler, che si stava infilando nuovamente l'uccello nei pantaloni. Io mi ero limitato a calarmi i miei quel tanto che bastava per liberare il mio.

«Abituatici,» le disse. «Sarai spesso nuda d'ora in avanti.»

«Rimettiti in ginocchio,» le dissi io.

Lei sollevò lo sguardo su di me e si accigliò. «Di nuovo?»

Ridacchiai di fronte alla sua espressione, un misto di sorpresa ed eccitazione. Il mio uccello si stava rapidamente preparando di nuovo alla possibilità di prenderla.

Invece, io afferrai il plug e lo sollevai. Lei spalancò gli occhi.

«È giunta l'ora del tuo addestramento anale.»

«Addestramento?» ripeté lei, adocchiando il plug con diffidenza e trepidazione.

Tyler me lo prese e aiutò Emily a rimettersi in posizione. Magari fu la sua condizione rilassata e soddisfatta a renderla tanto malleabile. Ce ne saremmo dovuti ricordare se non fosse impazzita all'idea di farsi allargare l'ano. Farla venire un paio di volte prima di procedere avrebbe potuto renderla più arrendevole.

Dal mio punto di vista avvantaggiato, riuscivo a vederle in mezzo alle cosce – luccicante e appiccicosa per via del nostro seme – mentre Tyler le infilava lentamente il plug nella figa. Il suono bagnato quando la riempì fu forte.

«Lo senti? Non è grande quanto i nostri cazzi,» disse Tyler, mentre glielo spingeva lentamente dentro e fuori, per poi lasciarglielo dentro. Usando la mano destra, le fece scivolare le dita sulle labbra umide, poi le toccò l'ano.

Conobbi il momento in cui lo fece, quando lei spalancò gli occhi sorpresa. «Tyler!»

«Stai ferma. Questa volta ti terremo noi, ma sarai *tu* ad offrirti per il tuo addestramento.»

Lei scosse la testa. «No, non voglio. Mi farà male. Ho visto come Cross aveva le dita dentro ad Olivia. Io non lo voglio.»

«Le stavano facendo male?» domandai.

Lei fece una smorfia e gemette, mentre Tyler continuava a giocare. Si spostò.

«Smettila di muoverti.» Le parole di Tyler non le impedirono di provare ad allontanarsi dalle sue dita in esplorazione.

Le misi le mani sulle spalle, tenendola ferma. «Allunga

una mano all'indietro, Emily, prenditi le natiche e allargale per Tyler.»

Lei spalancò gli occhi. «Cosa? Non posso farlo.»

«Puoi e lo farai.»

Tyler la sculacciò.

«Tyler!» esclamò lei, le gambe che mi si stringevano attorno ai fianchi. «Non voglio quel plug.»

«Vuoi che i tuoi mariti ti rivendichino, non è così? Questo è per non farti male. Come abbiamo detto, Xander ti riempirà il culo per la prima volta col suo cazzo, mentre io mi scoperò la tua figa. Insieme. Ma non fino a quando non sarai pronta, fino a quando il tuo ano non sarà stato allargato come si deve.»

«Ma-»

«Vuoi che ti sculacci ancora?» le chiesi.

«No!»

«Allora apriti per lui.»

«Non mi piace.»

Dovevo fare in modo che la sua mente concordasse col suo corpo, per cui feci scorrere le dita attraverso la sua umidità. Il nostro seme. «Questo dimostra che ti piace. Ricorda, dolcezza.» Con l'altra mano, le ravviai i capelli dal volto. Erano scivolati via dalle forcine mentre scopavamo. «Potremmo non darti ciò che vuoi. Ti daremo ciò di cui hai bisogno.»

«Non ho bisogno di avere quell'affare dentro di me,» controbatté lei. Vidi il calore nei suoi occhi e quella volta fu per via della rabbia. Mi si gonfiò il cazzo a vederla tanto agitata.

«Due opzioni, piccola,» Tyler si chinò, le diede un bacio sulla nuca, poi le sussurrò all'orecchio. «Allunga le mani e tieniti aperta per me, o prenditi una sculacciata prima di farlo.»

Lei assottigliò gli occhi, mentre mi fissava. Lentamente, allungò le mani dietro di sé e fece come le avevamo detto. Riuscivo a vederla che si teneva aperta, ma fu l'espressione compiaciuta sul volto di Tyler mentre tornava dietro di lei e la guardava che mi fece sapere che aveva fatto come le avevamo detto.

«Brava ragazza,» disse.

Tyler non si attardò. Lentamente e con cautela, se la lavorò con un dito, usando il seme che le ricopriva la figa come lubrificante.

«Ma che bel buco rosa, piccola. Siamo i primi a toccarti qui?»

Lei annuì mentre tratteneva il fiato, i seni spinti in fuori.

«È stretta. Sono dentro.»

Quando lei aprì la bocca e cominciò ad ansimare, seppi che le stava scopando il culo con il dito. I suoi occhi scuri incrociarono i miei e sostennero il mio sguardo. Io vi osservai tutte le emozioni che ruscii a scorgere turbinarvi dentro. Rabbia, sorpresa, disagio e, finalmente, sì... eccitazione.

Tyler le estrasse il plug dalla figa. «Questo plug è ben lubrificato, piccola. Ti scivolerà subito dentro. Proprio come il cazzo di Xander. Rilassati, fa' un respiro profondo e buttalo fuori. Bene.»

Lei spalancò gli occhi e gemette, un verso lungo e basso. Per quanto non volesse farsi violare l'ano, mantenne le mani in posizione.

Cominciai a sussurrarle. *Che brava ragazza. Ti piacerà farti scopare il culo. Ti prenderemo insieme, uno nel tuo culo e l'altro nella tua figa. Ti metteremo tra di noi e non ti lasceremo mai più andare. Ecco. Prendine ancora. Lascia che il plug ti allarghi per bene per i nostri cazzi. Ah, hai di nuovo i capezzoli tutti duri. Ti piace, non è vero?*

Tyler si ritrasse ed io seppi che il plug era dentro.

«Puoi lasciarti andare, adesso, dolcezza,» dissi, ma non lasciai la presa sulle sue spalle. Poteva anche essersi adattata ad avere il plug a fondo nel culo, ma non volevo che mi si sedesse in grembo facendoselo finire contro le pareti dell'ano. Non ancora, almeno.

Lei lasciò cadere le mani lungo i fianchi e distolse lo sguardo. Un bel colorito le divampò sulle guance, scendendole lungo il collo e i seni sodi.

«Tyler, Emily è venuta quando ce la siamo scopata – senza che le toccassimo il clitoride.»

Abbassai lo sguardo lungo il suo corpo e vidi quella piccola perla rosata protrudere dalla sua sede.

Tyler se la prese tra le braccia con un sussulto sorpreso da parte di Emily, poi si abbassò in ginocchio di fronte a me. La fece voltare così che lei avesse la schiena contro il suo petto con il culo sulle mie gambe. Le allargai le cosce, posandole i polpacci sui braccioli imbottiti della poltrona ai miei lati. Col modo in cui era inclinata all'indietro, la sua figa e il plug che le riempiva l'ano erano ben visibili.

Aveva la testa appoggiata alla spalla di Tyler e le sue mani che le stringevano i seni.

«Sei stata una così brava ragazza, piccola, che ti meriti di restartene semplicemene lì sdraiata a farci fare tutto il lavoro, adesso,» disse Tyler.

Toccai il plug, mi piaceva la vista di quel piccolo manico infilato dentro la sua stretta apertura tutta allargata. La sua figa era bagnata e ricoperta di seme, le labbra gonfie e di un rosso acceso. Erano leggermente aperte e riuscivo a vedere la sua apertura e il seme che ne gocciolava fuori. Il suo clitoride era altrettanto gonfio e bagnato, bramoso di attenzioni. Facendovi scorrere in cerchio solo la punta di un dito, feci attenzione nel toccarlo. Così esposto, sapevo che doveva essere molto sensibile.

«Il modo in cui sei venuta senza che ti venisse stimolato il clitoride mentre scopavamo dimostra quanto sei reattiva nei nostri confronti. I nostri cazzi riescono a farti venire. Ci fa piacere.»

«Cazzo, sì,» commentò Tyler.

Lei cominciò a muovere i fianchi, mentre io scoprivo che il suo clitoride era più sensibile sul lato sinistro. Chiuse gli occhi quando si arrese. Adoravo vederglielo fare, percepire i suoi muscoli rilassarsi, lasciar fluire via tutta la tensione che aveva in corpo mentre si arrendeva a noi.

«Bellissima.»

Fu il turno di Tyler di sussurrarle all'orecchio mentre io giocavo, portandola facilmente all'orgasmo. Una, due volte e poi ancora.

Mi si stava agitando in grembo, il suo corpo madido di sudore, i capezzoli rossi e gonfi. Non si indurivano più quando veniva, il suo corpo era schiacciato dal piacere.

«Non posso... è troppo. Vi prego, il piacere... fa *male*,» urlò.

Una lacrima le scivolò giù da un occhio chiuso.

«Ancora uno, dolcezza, perchè fa piacere a noi. Il tuo corpo è fatto per essere soddisfatto da noi.» Accarezzai proprio la punta del suo clitoride e lei sospirò, il leggero fremito del suo corpo l'unica indicazione del fatto che fosse venuta. Si accasciò svuotata tra le braccia di Tyler.

«Brava ragazza,» sussurrò lui, sollevandola e portandola a letto al piano di sopra. Io mi alzai, col cazzo di nuovo duro, e li seguii. Se scopare la propria moglie fino a farla addormentare indicava che fosse ben soddisfatta, allora avevamo avuto successo nel rivendicarcela. Il suo corpo rispondeva a noi, ci conosceva e adesso ci sarebbe appartenuto.

10

MILY

Mi svegliai molto accaldata. Così accaldata che cercai di tirarmi giù le coperte, ma mi resi conto che non erano delle lenzuola pesanti ad avermi surriscaldata. Erano due uomini. Xander e Tyler. Li avevo sposati. Li avevo scopati. Mi ero tenuta le natiche aperte così che Tyler potesse infilarci dentro un oggetto di legno, decisamente troppo grande per un posto del genere, fino in fondo. Contrassi i muscoli e lo sentii ancora dentro di me.

L'ultima cosa che mi ricordavo era di essermi trovata a gambe larghe in grembo a Xander. Tyler mi aveva sorretta, mentre venivo portata all'orgasmo più e più volte. Non avevo avuto idea che il piacere potesse diventare insopportabile. Era stato troppo. *Loro* erano stati troppo.

Perfino in quel momento, mi circondavano. Mi riempivano.

«Buongiorno, piccola.» Sollevai la testa e incrociai lo

sguardo di Tyler. La sua mano mi accarezzò un fianco. «Dormito bene?»

Gli offrii un debole cenno del capo e sentii Xander muoversi dietro di me. Avevo la testa sulla spalla di Tyler e Xander premuta contro la schiena come se fossimo stati due cucchiai in un cassetto.

«Ieri sera ti abbiamo sfinita,» disse Xander, la voce roca e profonda per via del sonno.

La camera da letto era illuminata dalla debole luce rosata di prima mattina. Attraverso le finestre aperte sentivo il cinguettio degli uccelli.

Sì, mi avevano sfinita ed io arrossii, ricordandomi tutto ciò che mi avevano fatto.

«Sei indolenzita?» mi chiese Tyler mentre Xander scendeva dal letto. La sua assenza mi fece sentire freddo alla schiena.

Valutai il mio corpo. Avevo quel plug ridicolo nel sedere, che per quanto non mi facesse male, era strano. Non era nemmeno più scomodo. Forse il mio corpo ci si era abituato o semplicemente avendo dormito non mi ero resa conto che fosse lì.

La mia figa era un tantino indolenzita, perfino sensibile. Non mi avevano presa con delicatezza coi loro enormi cazzi.

«Non tanto,» risposi.

Tyler mi diede un bacio sulla fronte prima di scendere dal letto. Era nudo.

Spalancai gli occhi mentre lo fissavo. Per quanto potevo anche essere stata scopata da entrambi, erano rimasti vestiti nel farlo, scoprendo solamente le aree più essenziali. Adesso, non potevo distogliere lo sguardo dal momento che non avevo mai visto un uomo da fisico così ben scolpito. Il suo petto ampio si stringeva in una vita sottile, fianchi snelli e gambe lunghe. Ogni centimetro del suo corpo era delineato dai muscoli. Mentre mi sogghignava, guardai il suo uccello indurirsi, allungarsi e inspessirsi, curvando in alto verso il suo ombelico da una zazzera di peli biondi.

Andò ad un comodino e ne estrasse degli abiti puliti cominciando ad infilarseli, i muscoli nerboruti della sua schiena che seguivano ogni suo movimento.

Mentre lo faceva, io voltai la testa. Ovviamente anche Xander era nudo, dall'altra parte della stanza. Mentre Tyler aveva il petto liscio, quello di Xander aveva una spruzzata di peli scuri che si assottigliavano in una linea sottile che scendeva direttamente fino alla base del suo uccello. Anche lui era eccitato. *Molto* eccitato.

«Sono... stata io a farvi quello?» Li indicai entrambi.

«Mi piace vedere quei bei seni,» disse Tyler, infilandosi l'uccello nei pantaloni.

«Gli piacciono eccome i seni, dolcezza. Otterranno un sacco di attenzioni da lui. A me, invece, piace vedere quel plug che ti divarica le natiche.»

Mi resi conto dalle parole di Xander che ero nuda. Mi trovavo su un fianco e solamente la parte inferiore delle mie gambe era coperta. Mentre allungavo un braccio per tirarmi su le lenzuola, Tyler scosse la testa. «Non coprire mai il tuo corpo davanti ai tuoi uomini.»

Lasciai ricadere la mano sul letto

«Ti scoperemmo in questo preciso istante, ma dobbiamo andare dagli altri per colazione. Dire loro che oggi ce ne andiamo.»

Mi misi a sedere. Lo sguardo di Tyler ricadde sul mio petto. «Andarcene?»

«Siamo venuti a Bridgewater soltanto per fare visita ad Olivia per un po'. Ora che abbiamo te, è giunto il momento di tornare a casa, al nostro ranch, e sistemarci. Questa non è casa nostra né la nostra terra.»

Me l'ero dimenticato. Era un bene, abbandonare la zona, specialmente prima di sabato quando Ralph si aspettava che mi presentassi semplicemente al saloon, pronta a stendermi sulla schiena e aprire le gambe per soldi. Magari Ralph non avrebbe nemmeno saputo dove fossi andata e si sarebbe dimenticato di me e di ciò che gli dovevo. Se non fosse riuscito a trovarmi allora il mio segreto sarebbe rimasto al sicuro.

Già solo quello mi rese impaziente di alzarmi. Tyler afferrò la mia sottoveste dallo schienale della sedia e me la gettò di fronte sul letto. Non aveva sprecato tempo ad abbottonarsi la camicia.

«Indossa la sottoveste e vieni di sotto. Ti scaldo dell'acqua sulla stufa per darti una pulita.» Mi fece scorrere una nocca sulla guancia, poi se ne andò.

Xander finì di vestirsi, poi si inginocchiò sul letto, mi passò una mano dietro la nuca e mi attirò a sé per un bacio. Uno dolce. Lento. Quando la sua lingua mi si infilò in bocca, trasalii. Approfittò di quell'occasione per partire all'attacco ed io mi ci arresi. Non ero mai stata baciata da un uomo con la barba. Be', ero stata baciata solamente da Frank fino a quel momento e, a confronto, era come se fossi stata baciata da un pesce.

La barba era morbida e mi faceva il solletico, ma me ne dimenticai quando la sua lingua si intrecciò con la mia.

Quando finalmente lui sollevò la testa, avevamo entrambi il fiato corto. «Questo è stato il nostro primo bacio,» dissi, portandomi le dita alle labbra. Formicolavano e me le sentivo gonfie.

Gli occhi di Xander si scurirono mentre sogghignava. «Sulla tua bocca,» aggiunse. «Ho baciato diverse volte quella dolce figa ieri.»

Arrossii a quel promemoria.

Lui si alzò dal letto. «Vestiti e scendi di sotto.»

«Xander,» lo chiamai. Lui si voltò sulla porta. Non riuscii a incrociare il suo sguardo mentre dicevo, «Um... che mi dici del, um... della cosa che ho nel sedere?»

Lui sogghignò, malizioso. «Il plug? Te lo toglieremo al piano di sotto.»

Al piano di sotto? Si aspettava che scendessi con quel coso dentro? Io mi mossi cautamente per alzarmi a lato del letto e infilarmi la sottoveste dalla testa. Riuscivo a sentire il plug dentro di me, che mi riempiva. Che mi allargava. Mentre mi muovevo attraversando la stanza e il corrioio, si mosse anche lui, toccando e punzecchiando dei punti dentro di me. Per quanto sapessi che era ben ancorato, mi ci contrassi attorno.

Quando entrai cautamente in cucina, gli uomini si voltarono e mi sorrisero. I loro sguardi scorsero sul mio corpo, a malapena coperto dalla sottoveste. Tyler mi porse una mano. «Togliamoti quel plug.»

Io fui felice di raggiungerlo. Non mi aspettavo di venire sollevata sul tavolo e spinta sulla schiena, però. «Tyler!» esclamai. «Che stai facendo?»

Lui mi allargò le ginocchia e poi strattonò l'estremità del plug. Mi contrassi attorno all'oggetto nonostante sapessi che avrei dovuto rilassarmi per farglielo estrarre.

«Respira, piccola.»

Tyler tirò lentamente ed io gemetti mentre si inspessiva, allargandomi, poi sibilai mentre mi usciva fuori. Il dito di Tyler premette contro la mia apertura e ci fece scivolare dentro la punta.

«Ha funzionato bene,» commentò. Xander venne a lanciare un'occhiata da sopra la sua spalla. «È ben allargata. Riesco a infilarci dentro il dito senza problemi.»

Quello *era* un problema. Non volevo che quei due

pensassero che quel buco fosse un'opzione, se non altro fintanto che io non mi fossi abituata all'idea, alla sensazione dei plug. Potevano riempirmi la figa quanto volevano. In effetti, avrei voluto che si fossero tirati fuori i loro enormi uccelli e mi avessero presa sul tavolo.

«Tyler,» piagnucolai, imbarazzata.

Lui estrasse il dito e Xander gli porse uno straccio umido. Lui mi pulì tra le gambe, l'acqua calda che lavava via il seme che mi si era seccato sulla pelle. La sola sensazione dello straccio contro le labbra e sul clitoride mi fece muovere i fianchi.

«Sei vogliosa, eh?» mi chiese Tyler, quel ghigno che lo rendeva bellissimo. «Xander, passami rasoio e schiuma da barba.»

Xander gli porse una ciotola per radersi con dentro un pennello e posò un rasoio sul tavolo accanto a me.

«Tyler ti depilerà la figa, dolcezza. Te la faremo bella nuda e liscia.»

Mi accigliai e cercai di sollevarmi sui gomiti. «Perché?»

«Perché sarà molto più sensibile quando ci poseremo la bocca. Fidati di noi, dolcezza, lo adorerai.» Le parole di Xander non placarono la mia confusione, ma non ebbi il tempo di discutere. Tyler mi applicò uno spesso strato di schiuma sui peli tra le mie cosce, le setole del pennello morbido che mi solleticavano la pelle.

«Non muoverti. Non vorrei tagliarti questa bellissima pelle rosa,» disse Tyler, tenendo il rasoio dritto di fronte a me così che lo vedessi prima che mi tendesse al pelle e mi rasasse una piccola zona. Lo fece ancora e ancora, pulendo il rasoio ogni volta.

Quando ebbe finito, si allontanò e lasciò che Xander si rifacesse gli occhi, che mi passasse un dito sulla pelle scoperta. Era liscia, morbida e sensibile proprio come aveva detto. Facendo scorrere le dita attraverso le labbra, se le portò alla bocca e se le leccò.

«Come il miele, dolcezza.»

Io ero bagnata e guardarlo succhiare la mia essenza dalle proprie dita non fece che farmi bagnare ancora di più. Era così carnale, così virile che volevo che mi prendesse di nuovo.

«Vestiamoti prima che ti scopiamo qui sul tavolo e ti sporchiamo di nuovo tutta.» Mi porse una mano e mi aiutò ad alzarmi e scendere dal tavolo.

«Mi serviranno i vestiti che ho a casa,» dissi, ricordandomi di non avere altro che l'abito in cui ero arrivata.

«Casa tua è con noi adesso, piccola,» commentò Tyler. «Passeremo a prendere le tue cose mentre ce ne andiamo.»

Tyler lanciò a Xander il mio abito e lui mi aiutò ad infilarmelo, abbottonandomelo.

«Ho bisogno del mio corsetto,» dissi quando mi resi conto di star indossando solamente la sottoveste assieme al vestito.

Xander finì di chiudere gli ultimi bottoni, poi mi prese i seni attraverso il tessuto. «Non oggi. Voglio accesso facile. È un viaggio lungo. Potremmo volerci fermare a scoparti lungo il tragitto. Placare un po' i nostri desideri fino a quando non saremo arrivati a casa e non ti avremo nel letto. Nel nostro letto.»

Quell'idea mi bagnò la figa.

«Mi piacciono i seni, piccola.» Tyler mi attirò a sé e mi avvolse un braccio attorno alla vita, stringendomi forte. Mi stavano un po' maltrattando, passandomi dall'uno all'altro come un giocattolo. Forse lo ero, secondo le loro necessità più basilari. Avrei douto sentirmi in imbarazzo per quello come era successo quando avevano giocato col mio ano, ma non fu così. Mi... piaceva. Non avevo mai avuto le attenzioni

– le attenzioni buone – di un uomo in passato. Ora ero il centro di quelle di due uomini. Mi volevano. Non c'era dubbio al riguardo. La differenza tra quei due e Frank era che loro non si prendevano ciò che desideravano e basta. Loro in cambio mi davano qualcosa. In effetti, avevo avuto molti più orgasmi io di loro. Messi insieme.

«Mi piacciono i capezzoli. Mi piace vedere i *tuoi* capezzoli tutti duri.» Tyler mi spinse all'indietro e li toccò a sua volta. Riusciva a sentire che mi si erano effettivamente induriti per via delle loro parole. Ringhiò. «Sei incantevole.» Mi diede una leggera sculacciata.

«Colazione,» disse Xander, la voce quasi un ringhio irascibile. Sembrava che nessuno di noi volesse unirsi agli altri per il pasto, vogliosi com'eravamo gli uni degli altri.

Tyler si sbagliava, però. Non ero io quella che aveva fatto l'incantesimo.

11

YLER

«Non vi aspettavamo,» disse Mason, aprendo di più la porta per farci entrare. Eravamo andati a piedi fino a casa sua – sua, di Brody e della loro moglie, Laurel – dove il gruppo si riuniva per mangiare. Dal momento che Kane, Ian ed Emma avevano la cucina più grande, di solito i pasti venivano serviti a casa loro – la casa nella quale eravamo stati noi – ma per il momento si erano spostati.

Emily si trovava in piedi tra noi due, con la mano di Xander sulla schiena. Mi piaceva averla in mezzo, sapendo che ci apparteneva e che era nostro compito proteggerla. Ciò che non mi piaceva era vedere il contorno dei suoi capezzoli duri attraverso il vestito. Mi veniva duro, il che mi rendeva scomodo camminare. Forse lasciar perdere il corsetto non era stata tanto una buona idea.

«Mangeremo dopodichè ci metteremo in viaggio,» gli dissi. «È giunto il momento di tornare al nostro ranch.»

«Sì,» aggiunse Brody mentre arrivava nell'ingresso dalla cucina. «La casa di Kane e Ian non è il luogo in cui dovreste sistemarvi con la vostra sposa.»

Xander indirizzò Emily verso l'altra donna e loro si allontanarono insieme in direzione della cucina. Per quanto fosse più vicina ad Olivia, tutte le donne di Bridgewater erano sue amiche. Ero felice di vedere che si trovasse a proprio agio lì. Eventualmente si sarebbe abituata ad avere due mariti, ma era bello sapere che Bridgewater sarebbe stato un santuario per lei, dove c'erano altre persone che comprendevano la sua necessità di sottomettersi a due uomini, magari pure quando lei avrebbe potuto non farlo.

«Il cibo è in tavola,» disse Brody, poi tornò in sala da pranzo. Il profumo di patate fritte e bacon riempiva l'aria.

Lo seguimmo e le donne si unirono a noi dalla cucina, Emily che portava un vassoio di prosciutto a fette. Le tenemmo un posto tra noi due e le tirammo indietro la sedia. Lei si fermò a guardare Olivia e i suoi uomini, che erano già seduti a tavola. Arrossì e distolse lo sguardo. Mi ero dimenticato di ciò a cui aveva assistito il giorno prima.

Olivia si alzò e fece il giro del tavolo, prendendo la mano di Emily tra le sue.

«Non essere in imbarazzo. Ti prego,» praticamente la supplicò. «Siamo amiche del cuore e odierei sapere che qualcosa si è insinuato tra di noi.» Olivia si lanciò un'occhiata alle spalle. «Specialmente i miei tre mariti decisamente impazienti e dominanti.»

Emily lanciò un'occhiata alla sua amica con la coda dell'occhio. Dopo essersi morsa un labbro, disse, «Pensavo che ti stessero facendo del male.»

Olivia scosse la testa. «Del male? No. Non ero felice, se non altro non per il breve tempo in cui mi hanno infilato quel coso dentro.» Si era chinata in avanti borbottando quell'ultimo pezzo, ma io riuscii a sentirla comunque.

«È un'ottima amica,» disse Simon. Emily ed Olivia si voltarono entrambe verso di lui. «Pensavo che ci avrebbe sparato.»

Non avevo sentito parlare di un fucile. Vidi Xander raddrizzare la schiena a quell'accenno.

Simon sollevò le mani come se fossimo stati noi a puntargli un fucile contro in quel momento. «Ha preso il fucile dalla parete. Ha fatto irruzione e avrebbe sparato a chiunque avesse fatto del male ad Olivia.»

«Sì,» aggiunse Rhys. «Siamo fortunati che nostra moglie abbia un'amica così.»

Cross annuì, d'accordo.

Non mi piaceva più di tanto sapere che mia moglie avesse impugnato un fucile, ma se Cross, Simon e Rhys non erano turbati da quell'incidente, allora tutto ciò che potevo fare era ricordarmi di insegnare ad Emily a sparare.

Lei arrossì di nuovo, questa volta per un motivo del tutto diverso. Io allungai una mano e presi la sua, attirandola verso di me così da poterle avvolgere un braccio attorno alla vita. «Va meglio adesso?» le chiesi.

Lei lanciò un'occhiata agli uomini di Olivia, che avevano delle espressioni di rispetto sul volto.

Annuì e tutti tornarono alla colazione. Era impressionante quanto fosse tollerante. Poteva anche essere stato il fatto che le avevamo infilato un plug nel culo proprio come avevano fatto gli uomini di Olivia con lei. Adesso poteva capire. Magari non le era piaciuto sul momento, ma di certo aveva urlato di piacere quando l'avevamo portata all'orgasmo con il plug che la riempiva.

«Non hai sfiancato gli uomini, Emily,» disse Simon mentre si tagliava una fetta di prosciutto.

Smisi di masticare. Mi ero aspettato un commento volgare o due dal momento che eravamo ricomparsi subito dopo la nostra notte di nozze e fui grato che fosse rivolto a me e Xander. Simon chiaramente sapeva che aveva già subito troppo imbarazzo per il momento.

Lei si mise un po' di patate nel piatto, poi sollevò lo sguardo. «Oh?»

Cross mi passò una brocca d'acqua.

«Sei una moglie *esperta*,» aggiunse Simon. «Mi aspettavo che entrambi gli uomini avessero il cazzo troppo indolenzito per poter camminare troppo a lungo.» Tutti si misero a ridere ed io non potei fare a meno di scuotere la testa. Se ci fossimo trovati a casa, sarebbe stato certamente vero. Una volta che vi fossimo arrivati, non avevo intenzione di lasciarla uscire dalla camera da letto per giorni. Per il momento, Simon poteva chiaramente vedere che Emily fosse una sposa ben soddisfatta ed io sapevo di non poter trattenere un sorriso contento. A giudicare dall'espressione di Xander, forse nemmeno lui sarebbe stato scontroso per un po'.

«Ci sono andata piano con loro,» replicò Emily. «Come hanno detto loro, ci aspetta un lungo viaggio, oggi.»

Non potei fare a meno di sogghignare e posai un braccio sullo schienale della sedia di Emily. Le mie dita le accarezzarono la spalla. Mi piaceva vederla sorridere, vederla finalmente a suo agio.

Simon rise e indicò mia moglie con la forchetta. «Ah, Emily, mi fa piacere vedere che hai senso dell'umorismo. Ti servirà con questi due.»

Il pasto venne interrotto da dei passi pesanti sulla veranda e tutti si voltarono quando Quinn, uno dei caposquadra del ranch, comparve tenendo un uomo per il bavero e spingendolo nella stanza. L'uomo inciampò, ma Quinn lo strattonò in piedi.

«Ho trovato quest'uomo che ficcava il naso in giro,» disse Quinn, senza allentare la presa.

«Non stavo *ficcando il naso,*» replicò lui, e cercò di divincolarsi, senza alcuna fortuna. Quinn lo teneva stretto e sembrava più che impaziente di farlo a pezzi.

Riconobbi quell'uomo dal picnic. Era stato quello che aveva reso Emily infelice, quello che avevamo messo in fuga. Che diamine ci faceva lì?

«Chi siete e cosa ci fate sui terreni di Bridgewater?» domandò Simon, ergendosi in tutta la sua imponente altezza. Faceva sembrare me e Xander degli adolescenti in crescita.

Con la coda dell'occhio, vidi Emily irrigidirsi, la schiena dritta come un fuso. La sua forchetta sbatté contro il piatto. A giudicare dal fatto che né Simon né Quinn conoscessero quell'uomo ed Emily non fosse contenta di vederlo – di nuovo – era chiaro che si trovasse lì per lei.

Xander doveva essere giunto alla stessa conclusione perchè si alzò assieme a me, le sedie che sfregavano contro il pavimento di legno. Io posai una mano sulla spalla esile di Emily. La sentii rabbrividire sotto il palmo e fui grato del fatto che fosse al sicuro in mezzo a noi due. Se quell'uomo aveva intenzione di farle del male, avrebbe dovuto affrontare entrambi, nonché tutti gli uomini di Bridgewater in quella stanza.

«Spiegatevi,» disse Xander, gettando il tovagliolo sul tavolo.

L'uomo rivolse il proprio sguardo ad Emily e la indicò con un dito tozzo e sporco. «Mi deve dei soldi.»

Sentii Emily trasalire. Come diamine era finita invischiata con quel bastardo? La risposta al momento non contava. Volevo solamente che se ne andasse.

«Quanti?» domandai.

Lui splancò gli occhi, poi li assottigliò con palese avarizia. «Cinquanta dollari.»

Xander si infilò una mano in tasca e ne estrasse il portafogli. Facendo il giro del tavolo, contò i soldi prima di porgerli all'uomo. Non indietreggiò, ma rimase a incombere su di lui con le mani sui fianchi. Con Quinn alle sue spalle, l'uomo non osava creare guai e sapeva bene che era meglio stare al proprio posto.

«Considerate il debito ripagato,» disse Xander, la voce fredda. «Ora sparite.» Indicò la porta d'ingresso.

Quinn lo strattonò per la spalla, trascinandolo verso l'entrata. «Mi assicurerò che esca dai confini di Bridgewater.»

«Te ne sono molto grato,» disse Xander con un cenno del capo.

Quando non riuscimmo più a sentire i passi degli uomini, Xander tornò alla propria sedia. «Scusate, Brody, Mason,» fece un cenno ad entrambi. «So che questa è casa vostra e sareste dovuti essere voi a buttarlo fuori.»

Brody sollevò una mano. «Stavi proteggendo la tua donna.» Non disse altro mentre lanciava un'occhiata a Laurel che indicava che avrebbe ammazzato quell'uomo se fosse venuto lì per lei.

«Se volete scusarci, abbiamo delle cose di cui discutere con nostra moglie,» dissi io a tutta la stanza. Ero arrabbiato. Furioso. Frustrato, cazzo.

Abbassai una mano e afferrai Emily per un gomito con una gentilezza che smentiva il mio umore, aiutandola ad alzarsi e guidandola poi fuori dalla sala da pranzo. Per quanto non stesse opponendo resistenza, non aveva nemmeno più di tanta voglia di seguirmi. Xander andò in fondo al corridoio e infilò la testa in una porta, poi in un'altra. Lo seguimmo dentro un ufficio e ci chiudemmo la porta alle spalle. Solamente il ticchettio di un orologio sulla mensola di un caminetto spento faceva rumore. Quello, e il respiro affannato di Emily.

«Chi è?» le chiesi quando ci voltammo entrambi a guardarla.

Lei abbassò lo sguardo a terra, le spalle afflosciate. Le guance che solo poco prima si erano arrossate adesso erano pallide.

«Si chiama Ralph.» Il suono della sua voce non assomigliava affatto a quello di pochi istanti prima quando stava scherzando con Simon.

«Come l'hai conosciuto?» domandò Xander.

Lei si voltò di scatto, gli occhi sgranati mentre si indicava. «Io? Non l'ho conosciuto io. Frank lo conosceva.»

Merda. Il suo ex marito giocatore d'azzardo doveva dei soldi a quell'uomo e lui era andato a importunare Emily per averli. «È per quello che stava parlando con te al picnic?»

Lei guardò fuori dalla finestra, ma annuì. Si tormentò le pieghe dell'abito con le mani.

«È per questo che ci hai sposati? Così che avremmo ripagato il tuo debito?» Le parole di Xander furono aspre. Era un punto di vista che non avevo preso in considerazione.

Merda. Pensava ci avesse usati. Forse lo aveva fatto. Senza nemmeno conoscere la sua risposta, potevo capire perché l'avesse fatto, perché una donna avrebbe scelto noi per proteggersi da gente come quel bastardo. Xander, tuttavia, aveva un animo oscuro. Lui non si fidava come me. Si era fidato in passato e aveva pagato un prezzo terribile.

«Siamo ricchi. Tu lo sapevi,» proseguì.

Lei sollevò lentamente la testa e incrociò lo sguardo

severo di Xander. Il suo volto non recava alcuna espressione, il suo sguardo era come morto.

«Avresti potuto semplicemente chiedere.» Le labbra di Xander si assottigliarono mentre si passava una mano sulla barba. «Chiunque degli uomini di Bridgewater gli avrebbe dato i suoi soldi. Non dovevi sposare noi.»

Le lacrime presero a scorrerle lungo le guance, ma quello fu l'unico accenno circa le sue emozioni.

«Lui se n'è andato, ma adesso tu sei legata a noi, dolcezza.»

Quando pronunciò quel vezzeggiativo, non vi infuse alcun calore.

«Vuoi che ti dica che vi ho sposati per amore?» domandò lei, la voce bassa. «Voi non mi amate. Mi desiderate. L'avete dimostrato ieri sera. Ma amore?» Scosse la testa. «No. Voi mi volevate per i vostri buoni motivi.»

Aveva ragione. Per quanto sentissi una connessione con lei, un legame abbastanza forte da farmi venire voglia di sposarla, non la amavo. Se non altro non ancora. La conoscevo a malapena. Il modo in cui stava affrontando Xander, il modo in cui doveva essersi confrontata con Ralph, per non menzionare suo marito prima che morisse, me la faceva ammirare. Non si meritava un marito stronzo. Non si meritava di essere lasciata vedova senza un soldo. Non si meritava di essere perseguitata da un uomo che voleva dei soldi. Diamine, forse non si meritava nemmeno noi.

«Hai avuto ciò che desideravi.» Xander si mise le mani sui fianchi. «Adesso è arrivato il momento di darci ciò che vogliamo noi.»

Le sue intenzioni erano chiare.

Emily non distolse lo sguardo mentre deglutiva, poi con calma si voltava e si piegava sulla scrivania. Allungando le mani dietro di sé con un'indifferenza nata dall'esperienza, si sollevò l'abito così che le si arrotolasse in vita. Il suo bellissimo sedere era tondo e sodo.

«Cristo,» sussurrai, innervosito dal fatto che l'avesse fatto senza opporre la minima resistenza. Fissai duramente Xander, con la voglia di tirargli un pugno in faccia. «Si è chinata sulla scrivania pensando che volessi scopartela per saldare i conti.»

Xander le si avvicinò, le fece scorrere una mano su una natica pallida e lei si ritrasse leggermente. «Pensi che vogliamo una puttana?» La sculacciò e lei trasalì. «Non ti abbiamo sposato così che potessi essere la nostra puttana. Non è questo che voglio da te adesso.»

Lei si guardò indietro, confusa. «Allora cos'è che vuoi da me?»

«Onestà. Abbiamo dato a quell'uomo dei soldi e tu ci dirai la verità.»

Eccome.

«Ve l'ho detta la verità!» Provò ad alzarsi, ma Xander le premette una mano sulla schiena e la tenne giù. Sulla pelle chiara le si stava formando l'impronta di una mano.

«Sono stato in prigione per sei mesi per via di una donna bugiarda,» ammise.

Andai a mettermi di fianco alla scrivania così da poterla guardare in volto e vidi la sua espressione sconvolta per via di quella confessione. Era chiaro che le donne di Bridgewater non glielo avessero raccontato.

«Ralph è venuto da te in cerca di soldi?» le chiesi. Lei sollevò lo sguardo su di me con occhi scuri e tristi. «Quando?»

«Il giorno che ho seppellito Frank. Ha detto che Frank gli doveva dei soldi perchè aveva perso ad una partita a carte.»

«Gliene hai dati?» chiese Xander.

«Quali soldi?» domandò lei, in tono secco. «La banca si prenderà il ranch, i mobili. Tutto. Gli ho offerto perfino di prendersi qualunque cosa volesse come pagamento prima che la banca se lo portasse via. Lui non ha voluto. Vuole *me*. Tutti in paese sanno che mio marito era un ubriacone e un giocatore d'azzardo.»

L'avevo sentito dire da più fonti, ma non mi ero reso conto dell'entità dei problemi di suo marito. La maggior parte degli uomini andava al saloon di tanto in tanto per giocare a carte. Ma perdere un ranch di successo e dovere ancora dei soldi, quella era tutta un'altra storia. Ed Emily ci era finita di mezzo. Era stata messa all'angolo, addirittura.

«Allora perché hai preso di mira noi?» chiese Xander. Non fu il modo in cui avrei posto io quella domanda, ma la fece rispondere.

Lei strinse le labbra e assottigliò lo sguardo. «Non vi ho *presi di mira*, gran spaccone. *Voi* avete chiesto di *me*.»

«Tu eri disperata, però. Tanto disperata da dire di sì,» proseguì Xander, stuzzicandola.

«Esatto. Ero abbastanza disperata da dire di sì,» ripeté lei, le parole intrise di amarezza. «Avevo immaginato che se mai si fosse fatto vivo, voi mi avreste protetta. Siete entrambi molto più grandi di lui e quando vi avesse visti entrambi, avrebbe rinunciato ai soldi che gli dovevo. E poi, il vostro ranch è lontano da qui. Speravo che non avrebbe saputo dove fossi finita.» Quando nessuno di noi disse nulla, lei proseguì. «Cos'avrei dovuto fare? Aveva intenzione di farmi lavorare a gambe aperte per ripagarlo.»

Xander le tirò giù il vestito e si allontanò come se si fosse scottato. Voltandosi di scatto, si passò una mano sulla barba e imprecò. Ora comprendeva come avesse sbagliato i modi. La maniera in cui l'aveva interrogata le aveva fatto credere che fossimo esattamente come Ralph, che volessimo solamente il suo corpo.

«Aveva intenzione di farti prostituire per lui?» le chiesi. La rabbia ribollì in superficie ed io strinsi i pugni. Era un bene che Quinn si fosse trascinato via quell'uomo, che fosse passato abbastanza tempo ed io non potessi inseguirli.

Lei si tirò su lentamente, chiaramente preoccupata che l'avremmo spinta nuovamente sulla scrivania. «Sabato. Sarei dovuta andare da lui sabato.»

«Cazzo!» urlò Xander.

Emily si ritrasse. Io la presi per un braccio e la aiutai ad alzarsi. La abbracciai, la strinsi forte, con una mano sulla nuca e l'altra attorno alla sua vita. Non mi importava se volesse o meno che la tenessi: io volevo sentirla tra le braccia.

«Mi dispiace, piccola,» mormorai, dandole un bacio in testa. «Ne hai passate così tante. Sembra che tuo marito fosse un bello stronzo.»

Lei rise, per quanto fu una risata carica di dolore.

Da sopra la sua testa, lanciai un'occhiata a Xander, che si stava passando una mano tra i capelli, strattonandoseli. Aveva occhi solo per Emily, guardandola come se non avesse avuto idea di cosa fare con lei. Era un puzzle, un mistero per lui. Vivendo su un ranch esteso, si era tenuto piuttosto facilmente a distanza dalla gente. In quanto suo amico, io lo capivo, comprendevo la sua mentalità del "pensare il peggio delle persone". Sapeva anche che io non accettavo alcuna cazzata. Tuttavia, adesso Emily era una sua responsabilità, il che significava che da quel momento in avanti avrebbe dovuto pensare e agire in modo diverso. La domanda era, il suo passato avrebbe creato tensioni tra noi tre? Sapeva essere l'uomo di cui lei aveva bisogno?

12

ANDER

Merda. *Merda*. Che cazzo avevo fatto? Quando quell'uomo aveva detto di volere dei soldi da Emily, non avevo pensato a come poteva averla usata lui, ma a come *lei* aveva potuto usare *noi*. Ero stato uno stupido, un fottuto stupido. Si era perfino chinata sulla scrivania tirandosi su il vestito, aspettandosi che saldassimo il debito prendendoci la sua figa. Non ero meglio di Ralph.

«Frank ti picchiava?» le chiesi. Cercai di placare il cuore che mi batteva all'impazzata, di fare dei respiri profondi per cercare di non spaventarla più di quanto non avessi già fatto. La gente mi si teneva alla larga anche nei miei giorni migliori; tra noi due, era Tyler quello con l'atteggiamento solare. Emily aveva bisogno che i suoi uomini la custodissero, non che la spaventassero a morte.

Tyler la stava stringendo forte come se avesse potuto

assorbire tutto il suo dolore – il dolore che le avevo causato io. Dovevo conoscere le ombre che si portava nel cuore, sapere come fosse stata ferita in passato così da non ripetere l'esperienza.

«Un paio di volte.» La sua voce venne smorzata dalla camicia di Tyler. Lui allentò la presa – leggermente. «Era sempre ubriaco ed io avevo nascosto i soldi che tenevamo in casa.»

L'idea che chiunque le posasse una mano addosso, specialmente suo *marito*, la persona che si sarebbe dovuta prendere cura di lei, mi faceva venire voglia di colpire qualcosa. Qualcuno. Ma non era ciò di cui lei aveva bisogno in quel momento.

Mi aveva detto la verità e se la meritava anche da parte mia. Dovevo sistemare quella situazione e l'unico modo in cui riuscivo a pensare di farlo era facendole conoscere l'uomo che aveva sposato. Ne aveva appena scorto una sfaccettatura. Io non ero dolce. Non ero gentile. Era un bene che fosse legalmente sposata con Tyler. Se ce ne fosse stato bisogno, io avrei semplicemente potuto salire a cavallo e galoppare via, lasciandoli soli. Sarebbe stata al sicuro e ben protetta con lui. Mi si bloccò la colazione nello stomaco all'idea di non vedere mai più il suo sorriso, il modo in cui mi veniva sul cazzo, consapevole di averle concesso il piacere che si meritava.

«Io sono stato imprigionato per un crimine che non ho commesso.»

Emily si divincolò dalla presa di Tyler e lui lasciò cadere le mani, ma solo quel tanto che bastò per poi riattirarla a sé, stringendola in vita. Se la stava tenendo stretta e non potevo biasimarlo.

«Sono stato a Laramie e trascorrevo ogni serata al

saloon. Avevo bevuto troppo whiskey e il giorno dopo mi sono svegliato in una cella in prigione. Lo sceriffo mi ha detto che avevo quasi ucciso una donna a suon di botte. C'erano due testimoni.»

Man mano che parlavo mi si stringeva lo stomaco, ricordandomi come mi fossi sentito all'epoca. Coi postumi della sbornia, decisamente. Confuso. Ero stato incastrato e non sapevo nemmeno come.

«Non mi ricordavo nulla. C'era la possibilità che l'avessi fatto davvero.»

«Stronzate,» disse Tyler.

ISsollevai lo sguardo sul mio amico e seppi che era stato tanto impotente quanto me in quella situazione.

«Tu non eri con lui?» gli chiese Emily, guardando Tyler da sopra la propria spalla.

Scossi la testa, rispondendo al posto suo. «Sono andato da solo per affari. Un contratto di bestiame. Invece, sono finito davanti al giudice in tribunale e poi per sei mesi in carcere.»

«Di certo non hai picchiato una donna. Non lo faresti mai!» La veemenza con cui lo affermò mi sciolse il cuore. Perfino dopo le accuse che le avevo rivolto, lei stava dalla mia parte.

«Dopo quello che ti ho appena fatto, ne sei tanto sicura?»

«Sì,» rispose semplicemente lei.

Scossi la testa disgustato. «Non sono una bella persona, Emily. Penso il peggio della gente.»

Lei venne da me e mi prese per mano. Guardai quanto fossero tanto più piccole delle mie. Quanto fosse pallida la sua pelle, quanto fossero fragili e delicate le sue dita.

«Cos'è successo davvero?»

«Un altro uomo voleva il bestiame. È andato al saloon ed è salito al piano di sopra con una prostituta. Lui... se l'è presa con violenza, l'ha soffocata, l'ha picchiata, poi l'ha abbandonata lì. Una ragazza del saloon, che scoprimmo era stata pagata profumatamente da lui, mi portò di sopra e nella camera della donna.»

«Così, hanno trovato te con quella povera donna e ti hanno puntato il dito addosso,» replicò lei.

«Ha pagato la prostituta affinché mentisse di fronte al giudice, per aiutarli a incastrarmi.» Mi ricordavo di come mi fossi sentito impotente nel venire chiuso dietro le sbarre per un crimine che non riuscivo nemmeno a ricordare.

«Ci sono voluti sei mesi prima che Tyler scoprisse la verità. Il vero responsabile è stato consegnato alla giustizia ed io sono stato liberato.»

Lei si voltò di scatto, sapendo che il legame, l'amicizia che c'era tra me e Tyler significava più che scoparsi la stessa donna. Non avevo molti amici, ma ciò che aveva fatto lui per farmi rilasciare mi avrebbe visto in debito con lui per sempre. Forse, ciò includeva perfino sposarmi quando non avrei dovuto farlo, quando sapevo di non andare bene per nessuna donna. In quel momento, però, dopo anche solo un giorno di matrimonio, aveva avuto ragione. Una donna – Emily – andava bene per me, per noi. Dovevo solamente impedirmi di rovinare tutto.

«Quindi, dolcezza, ti sei sposata uno stronzo con un sacco di problemi di merda.»

Voltandosi verso di me, lei sollevò lo sguardo e strinse le labbra. «Sicuramente uno a cui piace imprecare.»

Non potevo negarlo. «Non mi fido facilmente delle persone,» ammisi. «Non mi piacciono i bugiardi e mi piace avere il controllo della situazione. Se vuoi un marito gentile, vai da Tyler.»

Lei abbassò lo sguardo a quelle parole, torturandosi le mani. Tyler rimase in silenzio. Anch'io rimasi in silenzio, in attesa di vedere che cosa avrebbe detto. Quello stupido orologio che ticchettava non faceva che ricordarmi che si stava prendendo un sacco di tempo per pensare.

«Forse... un marito gentile mi basta.»

Il mio cuore perse un battito a quelle parole. Già, Tyler sarebbe stato bravo con lei. Annuii e mi voltai verso la porta, rassegnato a sapere che sarebbe stata accudita nel modo giusto. Senza di me.

La sua piccola mano sul mio braccio mi fermò.

«Io... um, a dire il vero, mi piace farlo anche in maniera un po' più rozza.»

Lentamente, mi voltai a guardarla, a fissarla, a puntare lo sguardo nei suoi occhi scuri in cerca della verità.

«Che stai dicendo, Emily?»

«Sto dicendo che... mi è piaciuto quando sei stato rozzo.»

La sua confessione la fece arrossire violentemente.

Incurvai un angolo della bocca verso l'alto. «Ti piace quando assumo il controllo, dolcezza?»

Lei annuì, poi si morse un labbro.

«Ti piace quanto ti spingo contro la porta e ti lecco la figa fino a farti venire?»

Vidi il calore accendersi nei suoi occhi, il rossore scenderle lungo il collo. «Sì.»

«Non so essere delicato, dolcezza, ma non ti farei mai del male.»

«Lo so.»

Bastò quello e mi venne duro, il mio corpo si rilassò e la mia mente si settò nel ruolo di un uomo che aveva una moglie che aveva bisogno di essere controllata. A cui piaceva. Che veniva per quello. Che ne aveva *bisogno*.

Lanciai un'occhiata a Tyler e lui si limitò a rivolgermi un

breve cenno del capo. Emily non mi avrebbe lasciato. Mi voleva proprio così com'ero.

«Sei stata una così brava ragazza, credo che ti meriti un premio.»

Sogghignai, quando vidi la sua bocca spalancarsi e i suoi capezzoli indurirsi sotto il vestito.

13

Emily

«Premio?» chiesi.

Xander aveva messo talmente sottosopra le mie emozioni che avevo il cervello in confusione. Quando avevano trascinato Ralph dentro casa avevo pensato che il cuore mi si fosse fermato. Era stato un pazzo a venire al Ranch di Bridgewater e a farmi pressione per i soldi. Avrebbero potuto sparargli e seppellirlo da qualche parte dove nessuno avrebbe mai trovato il suo cadavere. Xander e Tyler mi avevano protetta, avevano pagato quell'uomo e si erano sbarazzati di lui, il tutto nel giro di un paio di minuti.

Avevo desiderato che mi proteggessero da Ralph, ma non mi ero aspettata che l'avrebbero pagato. Il panico era stato sostituito dal sollievo, quando avevo capito che non sarebbe più tornato a importunarmi. Mi ero liberata di lui una volta per tutte.

Poi, però, Xander mi aveva accusata di cose terribili.

Avevo perfino pensato che avesse voluto che lo ripagassi facendomi... scopare. A quel punto avevo immaginato che non fosse meglio di Ralph o di Frank. Per cui mi ero obbedientemente piegata a novanta sulla scrivania e mi ero messa in posizione dal momento che avevo pensato avesse voluto prendermi. L'espressione sul suo volto quando l'avevo fatto era stata un mix di rabbia e terrore.

Poi, il sentirgli raccontare del suo passato, della ragione per il suo atteggiamento brusco e severo, mi aveva fatto stringere il cuore. Ciò che aveva passato doveva essere stato terribile per lui, un uomo che aveva così disperatamente bisogno di avere il controllo della situazione. Ora capivo perché volesse averlo quando eravamo insieme, quando mi aveva detto l'altro giorno che voleva che mi sottomettessi.

Non mi stavo sottomettendo a lui come avevo fatto con Frank, senza ricevere nulla in cambio. Mi stavo concedendo a Xander e lui lo prendeva come un dono da custodire.

Avevo detto di non amarli. Era vero, ma dopo la confessione di Xander, sapevo che sarebbe accaduto, col tempo. Tuttavia, loro avrebbero mai amato me? Xander aveva detto di odiare i bugiardi. Io lo ero. Non gli avevo raccontato di aver ucciso Frank. Tenere quel segreto era come raccontare una menzogna, dal momento che non avrebbero mai saputo che genere di donna avevano sposato. *Io* ero la menzogna. Per quanto non avessi cercato di incastrare una persona innocente per il mio crimine, decisamente l'avevo scampata.

«Un premio, dolcezza,» ripeté Xander. La sua voce, per quanto ancora autorevole, aveva perso il timbro severo. Era ancora determinato, ma in maniera diversa. «Non una caramella né nulla del genere, per quanto io lo troverò molto dolce.»

Mi accigliai, insicura di cosa volesse dire.

«Solleva la gonna per me. Di più. Ancora.»

Sollevai il tessuto così da scoprire il retro delle gambe. Prima le caviglie, poi i polpacci, poi ancora più su fino a quando non capii cosa intendesse.

Sentii Tyler alle mie spalle, quando le sue mani mi presero i seni. Me li strinse e vi giocò solamente per un istante, dal momento che poi passò a slacciarmi i bottoni dell'abito così da esporli al loro sguardo e poterli maneggiare senza che il tessuto si mettesse di mezzo.

Xander si mise in ginocchio di fronte a me quando io mi tenni le gonne sollevate in vita, proprio come avevo fatto solamente il giorno prima. Invece della rigida porta di legno contro la schiena, avevo Tyler, tutto muscoli e pelle calda. Xander mi fece allargare le cosce e mi baciò la pelle sensibile di una e poi dell'altra. Lo sfregamento della sua barba mi fece solleticare la pelle, in forte contrasto con le sue labbra morbide. Lui sollevò lo sguardo su di me, gli occhi scuri carichi di eccitazione e una traccia di supplica. «Non sarò delicato, Emily, ma ti darò piacere.»

Attraverso la mia immediata nebbia di eccitazione, vidi il bacio per quello che era stato. Delicato. Xander non lo vedeva o non sapeva nemmeno di esserne capace.

Quando le sue dita mi scivolarono dentro mentre la sua bocca si chiudeva sul mio clitoride, seppi che mi avrebbe dato piacere come aveva detto. Non v'era dubbio. In effetti non mi stuzzicò, non cominciò piano, bensì arricciò le dita sopra ad un punto dentro di me che mi fece impennare i fianchi e mi strappò un sussulto dalle labbra.

La sua lingua scorse sulla mia pelle appena depilata e dovetti ammettere che era molto più sensibile. Quando la fece passare sul mio clitoride succhiandolo, portandomi al limite nel giro di pochi secondi, seppi che non avrei mai più dubitato di lui.

Quando Tyler mi strattonò i capezzoli, per poi pizzicarli,

io non riuscii a trattenermi. Era così facile farmi eccitare. Venni con un grido strozzato.

«Xander, sì!»

Mi accasciai contro Tyler, il respiro pesante, abbandonata come una bambola di pezza. Mi resi conto di avere le dita intrecciate tra i capelli scuri di Xander a tenergli il viso contro la mia figa.

Lasciandolo andare, lui si ritrasse e sollevò lo sguardo su di me da quella posizione intima. Aveva le labbra e la barba che luccicavano della mia eccitazione. Lentamente, estrasse le dita da dentro di me, poi se le leccò per ripulirle.

«Così dolce,» mormorò prima di alzarsi, poi mi fece passare una mano dietro la nuca. «Assaggia.»

Abbassò la testa e mi baciò, la sua lingua che mi affondava nella bocca, ed io sentii il gusto personale di Xander, ma anche il mio. Era dolce e muschiato e quel mix era inebriante.

«Spero che tu non abbia fame, dal momento che voglio arrivare a casa il prima possibile.»

Tyler grugnì in risposta. «Ti scoperemmo subito, piccola, ma dubito che Brody e Mason vogliano concederci l'ufficio per il resto della giornata.»

Con quella consapevolezza giunse l'imbarazzo. «Oh, di sicuro mi avranno sentita. Che cosa penseranno?»

Mi coprii il volto con le mani.

«Penseranno che hai due amanti che ci sanno decisamente fare.»

Li guardai sbirciando tra le dita. Se ne stavano in piedi di fronte a me palesemente eccitati e, quando abbassai lo sguardo sul cavallo dei loro pantaloni, vidi i loro uccelli duri. Furono i loro ghigni, comunque, a farmi abbassare le mani e ridere assieme a loro. Era fantastico come cambiassi umore dopo un orgasmo provocato dai miei mariti.

«MA CERTO, CHE EMOZIONE!» esclamò la madre di Tyler, quando le fui presentata.

Avevamo cavalcato fino ad Helena e ce l'eravamo cavata piuttosto in fretta, arrivando a casa dei genitori di Tyler prima che calasse il sole. Xander aveva detto che si trattava di una buona via di mezzo fino al ranch e che vi avremmo trascorso la notte.

Sapevo che gli uomini di Bridgewater erano ricchi. Sapevo perfino che Tyler e Xander avevano dei soldi – non fosse stato per Xander che tirava fuori i cinquanta dollari per Ralph direttamente dal proprio portafogli, Olivia aveva condiviso certe informazioni circa il ranch di suo cugino. Tuttavia, la villa in cui Tyler era stato cresciuto rendeva il tutto ancora più ovvio. Fino ad allora avevo già contato tre servi, che Tyler conosceva tutti per nome.

Mi ero aspettata una noiosa donna anziana con una spilla ricoperta di diamanti sulla spalla, ma mi ero sbagliata di brutto. La signora Tannenbaum era rilassata e piacevole. Abbracciò Xander, perennemente rigido, e gli strappò perfino un sorriso. Invece di consumare un pasto nella loro sala da pranzo formale, ci sedemmo ad un tavolo consunto in cucina.

«Sapevo che voi due vi sareste trovati una sposa insieme, ma non questa settimana.» Era contenta e sopraffatta dalla notizia. «Mi dispiace che i tuoi padri non siano qui per vederti. Avrebbero rimandato il loro appuntamento a Billings se l'avessero saputo.»

Accarezzò la guancia del figlio con palese affetto. Provai una punta di gelosia per ciò che condividevano; non avevo mai conosciuto mia madre, dal momento che era morta quando ero piccola, e mio padre non volevo ricordarlo.

«Come hai sempre detto-»

«Fulmine.»

Quell'unica parola fece annuire Tyler.

La signora Tannenbaum si voltò verso di me. «Raccontami di te, Emily.»

La sua postura era rigidissima e teneva le mani raccolte in grembo. Era una vera signora.

Mi picchiettai le labbra col tovaglioso e bevvi un sorso d'acqua. Mi schiarii la gola, improvvisamente nervosa. *Sono una bugiarda. Un'assassina.* «Be', signora Tannenbaum-»

«Belinda, ti prego.»

Annuii brevemente. «D'accordo. Belinda. Sono rimasta vedova di recente e mi sono ritrovata in una brutta situazione.» Non c'era bisogno di aggiungere altro e fui sollevata dal fatto che nessuno degli uomini avesse scelto di farlo. Lanciai un'occhiata ad entrambi. Tyler mi guardava con la sua solita espressione tranquilla – ora sapevo da dove veniva – e Xander si stava servendo una seconda portata di pollo e gnocchi.

«Non è stato un bel matrimonio,» disse Belinda. Non la pose come una domanda, ma come un dato di fatto. Era molto brava a leggere le persone, per cui distolsi lo sguardo. Che altro riusciva a vedere?

«No. Non è stato un bel matrimonio. Lui non era un brav'uomo.» Quella verità era facile da raccontare. «Sposare Xander e Tyler, be', potrebbe non essersi trattato del colpo di fulmine di cui parlate voi...» Deglutii di nuovo, preoccupata di aver fatto arrabbiare tutti quanti. Forse mi avrebbe vista come un'arrampicatrice sociale, o peggio, per ciò che realmente ero. «Tuttavia, ho scoperto che sia Xander che Tyler sono... belle persone.»

Xander inarcò un sopracciglio e la sua forchetta piena di

gnocchi si fermò a metà strada verso la sua bocca. «Belle persone? È questo che pensi di noi?»

Feci spallucce, non volendo ammettere alla mia nuova suocera che trovavo suo figlio e Xander molto attraenti e non vedevo l'ora che mi scopassero non appena avessimo avuto un po' di privacy.

«Dovremo lavorare su qualche nuovo aggettivo,» aggiunse Tyler con sguardo decisamente eccitato.

Mi sentii arrossire.

«Una donna si sposa per ragioni completamente diverse da quelle degli uomini. Guarda questi due.» Belinda agitò una mano verso di loro. «Loro hanno soldi, bell'aspetto, terreni, un'impresa di successo. Non devono appoggiarsi a nessuno. Una donna, tuttavia, non può lavorare, ma se lo facesse, sarebbe per dei lavori durissimi che non le frutterebbero quasi nulla. Sarebbe vulnerabile e alla mercè di uomini meno onorevoli e la sua virtù verrebbe continuamente messa in discussione.»

Per quanto Xander avesse ricominciato a mangiare, la ascoltava attentamente.

«Per quanto riguarda te, una vedova, immagino che tu non avessi protezione una volta rimasta sola. Hai una famiglia?»

Posai il tovagliolo sul tavolo accanto al mio piatto. «No, signora.»

Tyler si alzò, andò a prendere la brocca del caffè dai fornelli e si riempì la tazza.

«Sposarsi per avere protezione è già un buon motivo. Un uomo deve comprenderlo ed essere *gentile*-» lanciò un'occhiata palese a Xander, poi a Tyler, «-e *paziente*.»

«Abbiamo capito, mamma,» disse Tyler, tornando a sedersi con le lunghe gambe distese sotto il tavolo.

Lei era così *gentile*. Cosa avrebbe pensato di me quando

avrebbe scoperto che ero un'assassina? Dio, il senso di colpa, la preoccupazione, non facevano che peggiorare. Il mio segreto era un'arma per così tante persone. Non avevo intenzione di ferire nessuno di loro, ma la lista di possibili vittime non faceva che crescere.

«Non hai figli?» Mi guardò quasi con malinconia.

Abbassai lo sguardo sul mio piatto vuoto. Ero una bugiarda e forse pure sterile. Ero una moglie pessima. Il senso di colpa per entrambe le cose mi soverchiava. «No.»

«Io sono riuscita ad avere solamente Tyler, ma ho avuto anche Olivia da crescere dopo che i suoi genitori sono morti. Sono certa che questi due ti metteranno presto incinta.»

Arrossii di fronte alle sue parole audaci.

«Mamma!» esclamò Tyler, roteando gli occhi.

Xander emise un verso nel fondo della gola.

Belinda non sembrava affatto ammansita. «Voglio dei nipoti.»

Si alzò. Xander e Tyler la imitarono. «Vi lascio mettere all'opera. Vi siete appena sposati. Non vi serve avere una madre tra i piedi, ma sono felice che siate venuti qui. Conoscete la strada per le vostre stanze.» Fece il giro del tavolo e mi diede un grande abbraccio, avvolgendomi col suo morbido profumo. Diede un bacio a suo figlio, poi fece scorrere una mano lungo l'avambraccio di Xander mentre usciva dalla stanza.

«Non sentirti in imbarazzo,» mi disse Tyler. «Se vuol dire ottenere dei nipoti, dimine, è capace di chiuderci a chiave dentro la camera da letto fino a quando il nostro seme non attecchirà. Un vantaggio in una donna con due mariti come lei è che comprende bene le nostre necessità.» Ridacchiò.

«Intendi scopare,» replicai io, spostando lo sguardo dall'uno all'altro.

«Diamine, sì,» aggiunse Xander, passandosi una mano sulla barba.

Tyler mi si avvicinò, prendendomi la nuca. «Per quanto riguarda dei nipoti...»

«E se non potessi averne? Io... ho avuto un aborto una volta e non è più successo nulla da allora.» Mi torturai un labbro. E se non fossi stata in grado di adempiere al ruolo più importante di una moglie, non solo per un uomo, ma per due?

Tyler mi diede un bacio sulla testa. «Mi dispiace, piccola. Dev'essere stato molto triste per te. Magari il problema nel fare figli non era tuo, ma di Frank. Per quanto riguarda farne con noi, be', ti abbiamo scopata abbastanza da averla resa una possibilità.»

«Giusto per essere sicuri, andiamo subito al piano di sopra e ti riempiremo del nostro seme per tutta la notte.» Xander non lasciò spazio ad alcun dubbio.

«Eccome,» aggiunse Tyler. Piegando le ginochia, mi gettò sulla sua spalla e mi portò al piano di sopra passando dalle scale sul retro. Se non fossi riuscita ad avere un figlio, non sarebbe stato per mancanza di tentativi.

«Ma...» Non riuscii a dire altro. Ci provai, ma continuava a mancarmi il fiato ogni volta che venivo sballottata contro la sua schiena.

14

YLER

Lasciai cadere Emily sul lettone. Lei rimbalzò un po', poi si fermò. Aveva i capelli che le scendevano dalle forcine, gli occhi spalancati per la sorpresa e le guance arrossate. Aveva un aspetto lascivo e decadente ed io non vedevo l'ora di toglierle i vestiti così da poterla toccare ovunque. Farla urlare di piacere.

Scopare in passato era stata tutta una questione di raggiungere l'orgasmo, la capacità di perdermi nel piacere. Con Emily, era molto più di quello. Volevo dare piacere a *lei*. Era metà del divertimento. Forse in un decennio o giù di lì avremmo scoperto tutti i modi diversi per farla bagnare. Nel frattempo, ci saremmo divertiti a scovarli.

«È un bene che il tuo culo non sia ancora pronto per i nostri cazzi, dolcezza. Vogliamo infilare ogni singola goccia del nostro seme dentro quella tua dolce figa fino a quando non ti avremo dato quel figlio che desideri,» commentai, mentre cominciavo a slacciarmi i bottoni della camicia.

Xander accese la lampada accanto al letto, inondando la stanza di un tenue bagliore.

«Voi volete dei figli?» domandò lei, passando lo sguardo su entrambi. Xander era in piedi accanto a me, così che ci trovavamo spalla a spalla a incombere su di lei.

«Diamine, sì. Una bambina che assomigli proprio a te,» dissi io, guardando i suoi occhi riempirsi di lacrime.

Xander mi lanciò un'occhiata di fronte alla sua reazione inaspettata. «Non ho mai pensato che sarebbe stata una possibilità. L'idea che il tuo ventre si gonfi con dentro il nostro bambino...» Xander gemette.

Con mia sorpresa, Emily rotolò giù dal letto e prese a fare avanti e indietro per la stanza, piangendo a dirotto.

Guardai Xander, che si accigliò.

Sapevo che le donne erano lunatiche, di tanto in tanto, ma quello... quello era diverso. Sapevo comunque che dovevamo andarci cauti. Avevo visto i miei padri cercare di tranquillizzare mia madre in passato. Ci voleva gentilezza.

«Cosa c'è che non va?» domandai.

Lei scosse la testa e cominciò a borbottare mentre piangeva. Non riuscii a capirla, ma sentii un paio di parole. Bugiarda. Guai.

La afferrai, mentre ci passava accanto e l'attirai in un abbraccio, ma lei si divincolò e si piegò in avanti, coprendosi il volto con le mani.

Che diavolo avevamo fatto? La persuasione delicata non stava funzionando. La gentilezza non stava funzionando. Merda. Odiavo le donne che piangevano. Mi passai una mano sulla nuca. «Emily... shh.»

«Smettila,» disse Xander, la voce che rimbombava nella stanza altrimenti silenziosa.

Emily trasse un brusco respiro e abbassò le mani. Smise di piangere. Xander, forse, l'aveva spaventata al punto da interrompere le sue lacrime, ma aveva funzionato. Lei lo fissava a bocca aperta.

«Togliti i vestiti,» ordinò Xander.

Gli posai una mano sul braccio. «E se se la fosse presa perché non vuole scopare?»

«Non è quello,» rispose lui. Come poteva esserne tanto sicuro, non ne avevo idea. «Hai paura di scoparci, dolcezza?»

Lei scosse la testa, le guance rigate dalle lacrime e pallide.

«Togliti i vestiti,» ripeté lui. «Tutti.»

Emily esitò per un brevissimo istante, ma fece come aveva detto Xander. No, come le aveva ordinato. Si stava sottomettendo a lui. Il problema non era risolto, ma almeno stava reagendo. Forse Xander aveva ragione. Forse perfino Emily aveva ragione. A lei piaceva farlo violento e a lui piaceva dominare.

Presto, fu nuda di fronte a noi, l'abito, la sottoveste, le calze e gli stivali ammucchiati a terra tra di noi. I suoi capezzoli si indurirono sotto i nostri occhi.

Xander sollevò il mento. «Voltati e posa le mani sul bordo del letto. Bene. Ora appoggiati sugli avambracci.»

Emily si mise nella posizione che Xander si aspettava, la testa in giù e il culo in su e in fuori.

«È così che vuoi parlarle?» chiesi io, preoccupato che potesse ricominciare a piangere di nuovo. «Prima si era messa in questa posizione su una scrivania e aveva pensato che volessimo scoparcela.»

«Qui non si tratta di scopare. Allarga le gambe. Di più.» Era chiaro che stesse ignorando la mia preoccupazione per Emily. «Brava ragazza.» La voce di Xander, per quanto profonda, aveva un timbro quasi rassicurante e non potei non notare come Emily sospirò, il suo corpo che si rilassava.

Lui mi guardò. «Sì, è così che le parleremo. Le piace. Lo so perché è bagnata.»

La sua figa nuda era esposta e riuscivo a vedere le sue labbra che luccicavano di eccitazione, per quanto Xander decise di farci scorrere rozzamente un dito in modo che Emily ne fosse consapevole. Lei trasalì, i suoi fianchi si impennarono, ma lei rimase al suo posto.

«Sa che non le faremo del male. Vero, Emily?»

«Non mi farete del male,» replicò lei, la voce soffocata dalle lenzuola. Tirò su col naso una volta, poi un'altra.

«Ti sculacceremo.»

A quel punto lei si riggidì, ma Xander le posò una mano sulla schiena.

«Sei stata cattiva, Emily?»

La mano di Xander si spostò più in basso, accarezzandole una natica pallida.

Lei annuì.

Sciaff.

«Dobbiamo ascoltarla, non sculacciarla,» gli dissi io. Le stava facendo troppa pressione.

Xander sollevò la mano, poi colpì un altro punto del suo sedere. La pelle divenne subito di un rosa acceso. Emily gridò, ma rimase ferma al suo posto.

«Ne ha bisogno. Ha bisogno di lasciarsi andare.» *Sciaff.* «Non ci dirà che cos'ha. Di qualunque cosa si tratti, si sente in colpa.» Piegò di nuovo il mento. «Non lo vedi? Ha bisogno che io – che noi – assumiamo il comando. Vuole dircelo, ma non sa come. Prenderemo noi la decisione al posto suo. Non sta a lei scegliere, ma a noi.»

Sciaff. Sciaff.

I colpi non erano forti. Non si sollevò mai una volta in punta di piedi né gridò di dolore. Xander stava facendo attenzione, osservando la sua reazione ogni volta che la colpiva.

«Che cosa hai fatto, Emily?» le chiese Xander dopo un po'.

Lei stava piangendo a dirotto, ormai, ma non era più tesa. Da tempo si era rilassata sotto ogni sculacciata, accettandola. Accogliendola. Arrendendosi.

«Sono stata io!» esclamò.

Sciaff.

Riuscivo a vedere, adesso, che rispondeva a quell'attenzione poco ortodossa. Come Xander avesse saputo in qualche modo di cosa avesse avuto bisogno, non ne avevo idea. Grazie a Dio sapeva leggerla quando io non ne ero in grado.

«A fare cosa, piccola?» domandai io. Imitai il tono di voce profondo di Xander.

«L'ho ucciso io.»

La mano di Xander si fermò a mezz'aria e lui mi guardò, inarcando le sopracciglia. Aveva detto *ucciso*? Riprendendosi, lui ritrasse la mano e la sculacciò. Ormai mi era chiaro come avesse bisogno che non ci fosse alcuna reazione da parte nostra a parte il dominarla. Se avessimo esitato, l'avrebbe fatto anche lei.

«Chi?» le chiese, sempre con lo stesso tono di voce.

«Frank,» urlò lei mentre Xander la sculacciava ancora. Ormai piangeva con singhiozzi profondi.

Xander non si fermò, ma a giudicare già solo dal rumore della sua mano sul suo sedere rosso, riuscii a intuire che avesse alleggerito un po' i colpi. Le torturò la pelle ovunque fino a quando l'intera superficie non brillò di rosso.

Aveva ucciso suo marito. Non era morto cadendo dalle scale, ubriaco. Cosa le aveva fatto per portarla a compiere un gesto simile? Non c'era verso che Emily avrebbe fatto una cosa del genere senza essere stata provocata. Non era un'assassina. Era andata in aiuto di Olivia con un fucile, affrontando tre uomini grandi e grossi. Simon, Cross e Rhys non le avrebbero fatto del male, ma lei aveva corso il rischio pur di proteggere la sua amica.

Quando le lacrime si furono un po' placate, Xander le chiese, «Come?»

«Io... l'ho colpito con una padella.»

La mano di Xander gli ricadde per un istante lungo il fianco e noi ci limitammo a fissarla, piegata a novanta col sedere all'insù.

Una padella?

Xander la prese in braccio e la mise sul letto, la testa infilata sotto al suo mento. Quando lei sibilò una volta che il sedere venne a contatto con le sue cosce, Xander la spostò in modo da sistemarla in una posizione più comoda.

Mi inginocchiai di fronte a lei, accarezzandole la guancia con una mano, asciugandole le ultime lacrime con un pollice. Vederla a quel modo mi spezzava il cuore.

«Che cosa ti ha fatto?»

«Era ubriaco.» Singhiozzò, poi tirò su col naso. «Voleva dei soldi che avevo nascosto per tenerli al sicuro da lui. Doveva darli a Ralph, ma io mi sono rifiutata. Erano i soldi per il cibo, per la casa.» Trasse un respiro profondo, poi proseguì. «Mi ha inseguita come sapevo che avrebbe fatto. Ho usato l'unica arma che avevo a portata di mano.»

«L'hai colpito con una padella?»

Lei annuì contro il petto di Xander. «Mi ha detto che voleva... frustarmi, per poi prendersi ciò che gli spettava come marito.»

Cristo. Sollevai lo sguardo su Xander. L'aveva appena sculacciata ed io non glielo avevo impedito.

Come se fosse stato in grado di leggermi nella mente, lui mormorò, «Non è la stessa cosa.»

Non ne ero poi così sicuro.

«Dunque ti trovavi in cucina e lui è venuto a cercarti?»

Lei scosse di nuovo la testa. «Ero al piano di sopra in camera da letto. Mi ha svegliata. Mi ero portata dietro la padella perché più giocava d'azzardo, più si arrabbiava. Avevo paura di lui.»

«Perché non ce l'hai detto?» chiese Xander.

Emily si ritrasse, guardandoci. Con il volto a chiazze e i capelli scompigliati, sembrava così persa, così vulnerabile.

«Pensavo che non mi avreste voluta,» ammise. «Perché dovreste volere un'assassina come moglie? Ma dovevo trovare un modo per salvarmi dal piano di Ralph di farmi lavorare al saloon. Ve l'avrei detto quando avete scoperto di Ralph, ma Xander ha detto che detestava i bugiardi ed è questo che sono io.»

Tirò di nuovo su col naso.

Mi acciglai. «L'hai ucciso di proposito?»

Lei spalancò gli occhi. «No!» esclamò, poi scese con un balzo da in braccio a Xander. Cominciò di nuovo a camminare avanti e indietro ed io dubitai che si ricordasse perfino di essere nuda. «Voleva farmi del male.» Si voltò di scatto a guardarci, gli occhi spalancati. «Davvero, era sua intenzione. Dovete credermi. Mi aveva già picchiata in passato e quella volta era così fuori di sé.»

«Io ti credo,» disse Xander in tono piatto.

«Anch'io ti credo. Si è trattato di pura e semplice autodifesa,» aggiunsi.

«Ma l'ho spinto giù per le scale, l'ho fatto sembrare un incidente.»

Xander si alzò e andò da lei, l'attirò tra le sue braccia e le accarezzò la schiena. «È stata una mossa furba. La maggior parte degli uomini, perfino gli sceriffi e i giudici, non vedono la zona grigia nella legge. Ciò che hai fatto è sbagliato, ma ti sei salvata.»

Xander sapeva per esperienza che alcuni uomini di legge non lavoravano per la giustizia.

«L'avremmo ucciso noi se avessimo saputo in che modo ti aveva ferita. L'avrebbero fatto anche gli uomini di Bridgewater.»

Lei sembrò sorpresa, perfino speranzosa. «Non mi odiate?» ci chiese con un piagnucolio.

Anch'io mi alzai. «Odiarti?» La strattonai dall'abbraccio di Xander per attirarla a me. «Ti ammiriamo. Sei così forte. Così coraggiosa. Non avresti dovuto portare quel peso da sola, piccola.»

«Non dovrebbero esserci segreti tra di noi,» disse Xander.

Emily allungò un braccio e lui le prese la mano. «Ralph. Lui lo sa. Non so come, ma sa che cosa ho fatto. Mi ha minacciato di dirvelo. Di rovinarci.»

Digrignai i denti. Come avrei voluto che Quinn non se lo fosse trascinato via. L'avrei colpito con ben più che una padella.

Aveva detto "per rovinar*ci*". Qualcosa dentro di me si placò, il punto in cui mi ero preoccupato che lei non ci volesse, che Xander fosse troppo brusco, che io fossi troppo mite, che non fossimo ciò di cui aveva bisogno. Tuttavia, il fatto che avesse parlato di "*noi*" indicava che ci considerava una famiglia, un'unità. Sentiva di appartenerci già.

Guardando Xander da sopra la sua testa, riuscii a leggergli nella mente. Anche lui l'aveva colto. Tuttavia, non era finita lì. C'era Ralph e lui avrebbe potuto avere effetto su di *noi*. Quel bastardo sarebbe tornato. Non si sarebbe fermato per dei miseri cinquanta dollari, quando avrebbe potuto ottenere di più. Corruzione, estorsione. Gente come lui si abbassava a tanto.

15

MILY

«Buongiorno, dolcezza,» mormorò Xander tra le mie cosce aperte.

Abbassai lo sguardo sul mio corpo fino a lui, che aveva gli occhi pesanti forse per via del sonno, ma più probabilmente per l'eccitazione. Il solo vederlo lì, con le mani sul mio interno coscia, era così decadente. Frank non mi aveva mai messo la bocca sulla figa, mai. Se a Tyler piacevano i miei seni, allora a Xander piaceva decisamente leccarmi la figa.

Aveva un dito arricciato a fondo dentro di me, che premeva contro quel punto speciale, sfregandolo in modo da farmi inarcare i fianchi – direttamente nella sua bocca. Come avevo fatto a dormire con lui che si insinuava tra le mie cosce? Come avevo potuto non rendermi conto che mi stesse infilando un dito rozzo dentro? Riuscivo ancora a sentire il loro seme bagnato dentro di me. La sua barba mi sfregava contro la figa appena depilata e quando mi leccò il clitoride con la lingua, per poi succhiarmelo, io venni.

Chiusi gli occhi e gridai. Riusciva a lavorarsi il mio corpo con una tale facilità: regivo così tanto al suo tocco. Mi accasciai sul letto, pronta a tornare a dormire.

Mentre Xander risaliva sul mio corpo con una scia di baci, mormorò, «Sei così sensibile dopo ieri sera. Adoro il modo in cui il tuo corpo reagisce.»

Sistemandosi sui talloni, mi afferrò per i fianchi e mi fece girare a pancia in giù. Io trasalii sorpresa, ma mi stavo abituando a quel suo tocco più aggressivo. Accarezzandomi una natica, commentò, «Non sei nemmeno rossa stamattina. Ti fa male?»

Sollevandomi sui gomiti, lo guardai da sopra la spalla. Ero troppo soddisfatta e addormentata per sentirmi in imbarazzo. «Ti riferisci al plug che mi sta allargando o alle sculacciate di ieri sera?»

Xander mi sculacciò. Mi era... mi era piaciuto. Inizialmente, mi aveva colta di sorpresa, ma i suoi comandi, la sua voce profonda erano come una corda che mi teneva legata alla sicurezza. Mi ero trovata persa, sopraffatta, del tutto travolta dal senso di colpa per ciò che avevo fatto, ciò che avevo costretto gli uomini a fare. Ma i comandi di Xander mi avevano distratta. La prima sculacciata era stata come una secchiata d'acqua gelida, che mi aveva strappata ai miei pensieri costringendomi a concentrarmi solamente su di lui. Il bruciore del palmo della sua mano, il calore formicolante sulla mia pelle.

Ero stata in grado di pensare solamente più a quello, di arrendermici. Xander non si era fermato. Non ero riuscita a pensare, non ero riuscita a fare altro che accettare il fatto che avesse assunto lui il comando. La verità mi era scivolata fuori facilmente, allora. Come il mio corpo, avevo ceduto a loro anche quel problema. Avevo pensato che mi avrebbero odiata, ma non era stato così. In effetti, a giudicare dall'espressione sui loro volti, avrebbero ucciso Frank loro stessi, e non per errore.

Lui mi diede una piccola pacca scherzosa e sogghignò.

A quel punto entrò nella stanza Tyler con un vassoio, chiudendosi la porta alle spalle. «Mi state tagliando fuori?» chiese.

«Dopo la scorsa notte, ti senti tagliato fuori?» gli chiese Xander.

Mi avevano presa entrambi, uno dopo l'altro, più e più volte. Per quanto fosse stato concesso ad entrambi del tempo per riprendersi, abbastanza per permettere all'altro di scoparmi, a me non ne era toccato alcuno. Mi avevano concesso un orgasmo dopo l'altro e perfino allora riuscivo ancora a sentire il loro seme che mi colava fuori. Dire che mi avevano riempita sarebbe stato un eufemismo.

«Non possiamo uscire dalla stanza prima di mezzogiorno,» disse Tyler. «Mia madre penserebbe che non siamo abbastanza attenti nei confronti della nostra nuova sposa, altrimenti.»

Xander rise piano e scosse la testa. Era evidente, per me, che non fosse abituato ad avere una madre proprio come non lo ero io.

«Emily mi stava giusto parlando del plug che ha nel culo,» replicò lui.

Tyler inarcò un sopracciglio mentre posava il vassoio sul tavolo sotto una grande finestra. Riuscivo a sentire il profumo di caffè e rotoli alla cannella. Mi brontolò lo stomaco e Xander mi offrì un'altra piccola pacca sulle natiche.

«Pensi che il tuo culo sia pronto per i nostri cazzi, piccola?» mi chese Tyler mentre veniva a sedersi accanto a me sul letto. Abbassò una mano per afferrare la base dura che mi stava tenendo le natiche allargate. Quando la strattonò io gemetti, poi mi ci contrassi attorno.

«Io... non lo so,» risposi mentre traevo dei respiri profondi.

Lui me lo stava estraendo con cautela. Una volta che lo ebbe fatto ricadere sul letto, mi fece scivolare una mano lungo la schiena, seguendo la lunghezza della mia colonna vertebrale fino a quando il suo pollice non mi sfiorò l'ano, scivolandovi dentro con facilità. Ce lo tenne fermo.

Xander si alzò dal letto e andò alle nostre sacche, recuperandone una piccola con i vari plug.

Dopo averne estratto uno, lasciò ricadere la sacca sul letto. Lo sollevò. «Questo è il prossimo, dolcezza. Quello più grande. Poi sarai pronta. Verrai presa da entrambi noi, insieme.»

Non potei non notare la loro espressione impaziente mentre Tyler mi faceva scivolare il pollice dentro e fuori un paio di volte, per poi estrarlo. Si alzò e andò al lavandino a lavarsi.

«Giocheremo con questo dopo la colazione,» commentò Xander.

XANDER

«È l'unico modo per attirare Ralph allo scoperto,» disse Emily. Posò una zuppiera al centro del tavolo. Per quanto ci fosse la cuoca a preparare il pranzo, Emily non riusciva a starsene seduta e lasciare che fosse la donna a servirci.

Dal momento che Tyler non poteva starsene seduto a

lasciare che fosse Emily a servire *noi*, portò una pagnotta sul tavolo posta su un tagliere assieme ad una ciotola di burro fresco.

«Non esiste che te lo permetta,» controbattei io, asciugandomi le mani su un canovaccio. La sola idea che mia moglie facesse da esca per far saltar fuori quello stronzo *non* si sarebbe concretizzata. «Io accetterò di restare qui ad Helena per farlo, ma tu non ti metterai a vagare per le strade nella speranza che venga ad affrontarti.»

Ci trovavamo di nuovo al tavolo della cucina, quella volta per pranzo. Come aveva detto Tyler, avevamo tenuto Emily felice – e molto occupata – in camera nostra fino a dopo mezzogiorno insegnandole a succhiarci il cazzo e ad accettare il plug più grande. Era un'ottima allieva e avevamo ricompensato la sua abilità e la sua buona condotta. Due volte.

«Perché mai no? Non può farmi nulla se ci troviamo in pubblico.»

Era ingenua quando si trattava dei modi di gente disperata e corrotta. Ne ero contento, altrimenti sarebbe stata come me, acida e scontrosa. Negli ultimi giorni, però, mi ero sentito... meglio. Era fantastico quando avevo qualcun altro su cui concentrarmi che non fossi io stesso. Avevo qualcuno per cui vivere, qualcuno da accudire e da proteggere, proprio come aveva detto Tyler. Ciò significava che sarei stato super attento con Emily, dal momento che non volevo che le accadesse nulla di male. Era amore? Non ne avevo la minima idea, ma era... bello.

«Può venire con me.» Belinda entrò in cucina. Sembrava sapere cosa stesse succedendo senza che fosse stata nella stanza. Conoscendola da parecchi anni, avevo lasciato perdere l'idea che avesse delle abilità speciali, attribuendo invece il fatto che sapesse sempre tutto ciò che accadeva sotto il suo tetto al suo essere madre.

Io e Tyler ci alzammo, poi tornammo ai nostri posti, quando lei si sedette e si allungò verso il mestolo.

«Andremo a fare la spesa. È passato un sacco di tempo dall'ultima volta che ne ho avuto il piacere con Olivia.» Guardò Emily. «Sarebbe un piacere per me.»

«Dunque dovrei lasciare mia madre e mia moglie alla mercè di un estorsore?» Ero felice che Tyler fosse d'accordo con me.

Belinda scacciò via la burbera preoccupazione del figlio con un gesto della mano.

«Prima che voi due cominciate a dire sciocchezze riguardo al pericolo come degli sbruffoni, i tuoi padri torneranno a casa stasera ed io posso aiutarvi. Se dovessero fare ritorno abbastanza presto, magari potreste andare al saloon assieme a loro, vedere se riuscite a trovarlo.»

«Pensavo avessi detto che volevi che ci portassimo Emily a letto,» protestò Tyler.

«Avete il resto della giornata per farlo.» Sua madre inarcò un sopracciglio di fronte al suo tono contrariato. «Poi, più tardi, fai stare qui Xander con lei. Vai tu al saloon con i tuoi padri. Una celebrazione del tuo matrimonio. Vantati a gran voce di tua moglie. Quest'uomo, Ralph, può anche sapere che si è sposata, ma dubito che sappia che è sposata con entrambi voi.»

Era vero. Un buon vantaggio dell'avere due mariti. Uno poteva uscire a cercare Ralph, l'altro poteva restare a proteggere la loro donna.

«Cosa dovrei dire, che l'ho sfinita?» domandò Tyler. «Ai miei padri? Mi sembra improbabile.»

Vidi Emily arrossire.

«Una festa di addio al celibato in ritardo. Tutti sanno che

i tuoi padri erano via. È solamente giusto che voi tre festeggiate.» Belinda agitò le mani in aria. «Fa' finta di essere ubriaco, lascia che i tuoi padri tengano d'occhio la situazione per vedere se vi segue. Di sicuro vorrà sapere dove vivi. Rendersi le cose facili.»

Quel piano non faceva una piega. La parte che mi piaceva di più era quella in cui io sarei rimasto con Emily. Era l'unico momento in cui sapevo che era al sicuro.

«Domani, allora, a fare la spesa,» aggiunse Emily, pulendosi la bocca con un tovagliolo. «Ho fatto acquisti sempre e solo nella bottega. Così sarà... divertente.»

Divertente non era la parola che avrei scelto io, ma se Emily non aveva paura né si preoccupava, allora era quello che importava. Se Tyler e i suoi padri fossero stati in grado di scorgere Ralph, allora avremmo saputo che aveva intenzione di affrontare di nuovo Emily. Quella volta saremmo stati pronti.

16

 ANDER

MI STAVO ABBOTTONANDO LA CAMICIA, quando incrociai gli uomini che stavano entrando dalla porta d'ingresso. Li avevo sentiti avvicinarsi alla casa, le voci alte come quelle di chi ha bevuto troppo. Tyler aveva un braccio sulle spalle di uno dei suoi padri, ridendo di qualcosa che aveva detto.

Una volta che la porta si fu chiusa alle loro spalle, la farsa terminò.

Strinsi la mano di entrambi i padri di Tyler. Erano entrambi sulla cinquantina abbondante. Con i capelli più grigi che scuri, non sarebbero stati uomini con i quali avrei voluto avere da ridire. Erano potenti in città e avevano costruito un vasto ranch che adesso gestivamo io e Tyler. Li conoscevo da anni ed erano i padri che non avevo mai avuto.

«Allora?»

«Innanzitutto, congratulazioni per il vostro matrimonio, figliolo,» disse Roger Tannenbaum, dandomi una pacca sulla spalla. Non lo fece con leggerezza. «È bello vederti sorridere.»

Non potevo trattenere un ghigno, dal momento che avevo appena lasciato una moglie addormentata e ben soddisfatta al piano di sopra. Mentre Tyler era uscito coi suoi padri, io avevo trascorso il tempo a prendermi cura di Emily. Per quanto mi prudessero le mani dalla voglia di sbattere Ralph dietro le sbarre, mi ero goduto le attività di quella sera forse più di Tyler. «Grazie,» risposi.

Per quanto puzzasero di pessimo whiskey, nessuno di loro sembrava ubriaco. «Andiamo in ufficio a berci un goccio. E non di roba scadente.»

Li seguii. Mentre Roger versava il liquore, gli altri presero posto nelle comode poltrone. Allen aveva cresciuto Olivia dopo che i suoi genitori erano morti, fingendo di essere scapolo mentre in realtà era coinvolto in un matrimonio plurimo con Roger e Belinda. Aveva vissuto altrove con Olivia fino a quando un uomo non aveva dato fuoco alla loro casa. A quel punto, Olivia aveva sposato Simon, Cross e Rhys e Allen aveva scelto di trasferirsi – finalmente – dalla sua famiglia.

«L'ho visto,» disse Tyler mentre Roger mi porgeva un bicchiere con due dita di whiskey.

Io strinsi il pugno attorno al vetro alle sue parole.

«Da quanto ha detto Tyler, quell'uomo ha bisogno di essere sistemato,» commentò Roger, bevendo un sorso di whiskey.

«Diamine, sì,» confermai.

«Dobbiamo lasciare che le donne vadano a fare la spesa,» ammise Roger. Riuscivo a intuire che non fosse contento di quell'idea nemmeno lui.

«Permetterai loro di affrontarlo?»

«Assolutamente no!» esclamò Allen, sbattendo il

bicchiere sulla scrivania. «Andranno a fare compere e noi le seguiremo. Xander, tu terrai d'occhio le donne assieme a me, e Tyler e Roger acciufferanno quel bastardo prima ancora che si avvicini.»

Scossi la testa. «Non esiste. Voglio quell'uomo. Emily è una mia responsabilità.»

Tyler si chinò in avanti, appoggiando i gomiti sulle ginocchia. «Sei sicuro di volerti immischiare con la legge?»

Guardai attentamente il mio amico, vedendolo preoccupato. Era giunto il momento di lasciar andare il mio passato. Emily era il mio futuro e dovevo assicurarmi che niente – o nessuno – si mettesse in mezzo. «Per Emily? Assolutamente.»

EMILY

«Cosa vuol dire che sono andati a prendere Ralph?» domandai, posando la pila di scatole contenente i miei acquisti sul tavolino nell'ingresso. Avevo la voce acuta, il cuore che batteva all'impazzata. Non potevo farne a meno. L'idea che Tyler e Xander affrontassero quell'uomo mi terrorizzava. Il divertimento per lo shopping con Belinda era svanito, sostituito dalla paura. «Dobbiamo andare da loro. Fermarli!»

I padri di Tyler, uomini impressionanti a loro volta entrambi, non sembravano minimamente preoccupati della cosa.

«No, Emily. Vogliono che tu stia qui al sicuro,» disse Allen, prendendomi per un braccio e conducendomi in salotto.

«Non dovevano andare da lui!» protestai io, voltandomi a guardarli. Belinda si stava togliendo i guanti e si fermò.

Tutti e tre si acciglliarono. «Cosa pensavi che avrebbero fatto quando il piano era attirarlo allo scoperto?»

Scrollai le spalle e presi a fare avanti e indietro. «Pensavo che sarebbe venuto da me ed io gli avrei detto che Xander e Tyler sapevano cos'era successo, che non era più un segreto. Mi avrebbe lasciata in pace.»

Roger mi offrì un sorriso gentile. «Pensi che ti lascerebbe mai in pace? Potrebbe minacciarti di raccontare alle autorità ciò che hai fatto, o magari ai soci in affari di Tyler e Xander.»

Non ci avevo mai pensato. La mia idea era improvvisamente ridicola.

«Non si fermerà, Emily. Dovresti saperlo,» aggiunse Allen.

«Allora dovrei lasciarli. Non gli serve questo peso sulle spalle. Non voglio che i loro affari ci rimettano. Non voglio che *loro* ci rimettano.» Mi bruciava la gola per le lacrime che stavo trattenendo.

«Sei troppo agitata. Non stai pensando lucidamente,» mi disse dolcemente Belinda.

Mi stavo sfregando le mani sulla gonna, torturandone la stoffa.

«Non pensi che i tuoi mariti si sappiano difendere da un uomo?» mi chiese Allen.

Pensai a Ralph. Fisicamente non reggeva il confronto, ma ciò non significava che non potesse succedere qualcosa di brutto.

«Io... immagino di sì, ma lui è... è *cattivo*.»

«Tesoro, devi fidarti dei tuoi uomini e del fatto che si occuperanno di questa faccenda. Che si occuperanno di te.» Belinda mi posò le mani sulle spalle, mi guardò negli occhi, poi mi attirò in un abbraccio.

A quel punto piansi, rendendomi conto in quell'istante di quanto tenessi a Xander e Tyler. Non avevo desiderato un marito, figuriamoci due, ma adesso non riuscivo nemmeno ad immaginarmi di vivere senza entrambi. Stavano rischiando la vita per me.

Poi c'erano Belinda, Roger ed Allen. Dio, erano meravigliosi. Erano genitori. Genitori veri. C'erano così tante cose che non sapevo nemmeno di essermi persa. Ci erano voluti due uomini a dimostrarmi cosa fosse il vero amore, il vero impegno. L'affetto. La protezione. La devozione.

Vedevo tutto quello nel modo in cui Allen e Roger guardavano Belinda, si preoccupavano per lei. Lo provavo con Xander e Tyler.

«Non voglio che si facciano del male,» mormorai. «Non voglio che Xander torni in prigione.»

«Xander non andrà in prigione. Ralph ci finirà,» disse Roger. Era così sicuro di sé, dei miei mariti, che la cosa mi confortò un po'.

Rendendomi conto di essermi ridotta in uno stato pietoso e balbettante, mi asciugai gli occhi e feci un passo indietro. Roger mi porse un fazzoletto.

«Li ami,» commentò Belinda.

La guardai mentre mi asciugavo le guance, vedendo il sorriso compiaciuto sul suo volto. «Non lo so. Non sono davvero sicura di cosa sia l'amore. Frank, il mio primo marito, non era... bravo.»

Allen venne da me, posandomi una mano gentile sulla spalla. «È amore, cara. Li tieni in pugno, quei due ragazzi. Non ho mai visto Xander così... determinato in passato. E Tyler, be', lui si preoccupa più del fatto che Xander ti voglia tutta per sè che altro.»

Spalancai la bocca. «Perché Tyler dovrebbe preoccuparsi di quello?»

«Hai visto il modo in cui Xander ti guarda? Ha *bisogno* di te in una maniera che non è la stessa per Tyler. Tu plachi qualcosa in lui. Riusciamo a vederlo tutti.» Belinda guardò i suoi uomini e loro annuirono. «Lo conosciamo da molto tempo. Può anche non essere stato un colpo di fulmine, ma è... qualcosa di speciale.»

«Io voglio anche Tyler!» ammisi.

Loro risero. «Ma certo che lo vuoi,» disse Roger. «Ricorda soltanto, solo perché sono grandi e grossi non vuol dire che non possano ferirsi anche loro. Sii... delicata con loro.»

Ripensai alle parole di Xander, a come avesse detto che non sarebbe mai riuscito ad essere delicato con me. Quando mi toccava, non era delicato. Bramavo i suoi palmi callosi che mi sfregavano sulla pelle. Il suo corpo premuto contro il mio. Il timbro oscuro della sua voce. Eppure lui era fuori a uccidere draghi per me. Mi stava liberando da uno dei miei fardelli più pesanti – Ralph. Poteva non essere una cosa delicata, ma era ciò di cui avevo bisogno. Ciò di cui la nostra piccola famiglia aveva bisogno.

Stavo per rispondere quando entrarono dalla porta d'ingresso.

Mi alzai e mi voltai di scatto, vidi che erano intatti e corsi fuori dal salotto e tra le loro braccia.

Trassi dei respiri profondi, gustandomi il loro profumo. Avendoli così vicini, si trattava di un mix di menta peperita, cuoio e maschio puro. Le loro mani mi scorsero avide sulla schiena e sui capelli mentre io li stringevo entrambi.

Mi scostarono quel tanto che bastava per guardarmi. «Stavi piangendo,» disse Xander mentre lanciava un'occhiata da sopra la mia spalla ai genitori di Tyler.

«Non l'abbiamo fatta piangere noi. Siete stati voi,» disse Allen.

Xander abbassò lo sguardo su di me e si accigliò. «Ti abbiamo fatta piangere, dolcezza?»

Annuii, poi sorrisi. «Io... vi amo,» ammisi.

Entrambi mi fissarono del tutto sciocchi per un istante prima che qualcosa cambiasse. Le loro espressioni mutarono. Gli occhi di Xander si assottigliarono, la sua mascella si serrò. Tyler aveva lo stesso sguardo, ma vidi qualcosa di quasi rispettoso sul suo volto.

Xander si chinò e mi gettò in spalla, salendo le scale. Mi teneva con un braccio dietro le cosce. Non sarei andata da nessuna parte e, quella volta – mentre mi scarrozzava come un sacco di cereali –non opposi resistenza.

«E Ralph?» chiese Roger.

«Prigione. Vi racconteremo i dettagli più tardi,» disse Tyler. Vidi le sue gambe mentre ci seguiva su per le scale. «Emily viene prima di tutto.»

Non sentii alcuna risposta dal piano di sotto, ma Xander salì di corsa le scale e ci ritrovammo in corridoio, poi la porta della nostra camera da letto venne chiusa con un calcio alle nostre spalle prima ancora che riuscissi a riflettere.

Invece di venire messa sul letto come mi ero aspettata, Xander mi mise lentamente in piedi sul pavimento, il mio corpo che scivolava lungo il suo. Mi si indurirono i capezzoli alla sensazione dei suoi muscoli sotto di essi.

«È davvero in prigione?» Li guardai entrambi.

«Sì,» confermò Tyler con un cenno deciso del capo.

«Non sapevo che avevate intenzione di andare da lui,» ammisi.

Lui si accigliò. «Cosa pensavi che avremmo fatto?»

«Che ci avrei parlato io. Che l'avrei fatto ragionare mentre voi guardavate da lontano.»

Xander mi fece voltare a guardarlo, afferrandomi per le

braccia. Piegò perfino la schiena così che i suoi occhi si trovassero allo stesso livello dei miei. «Non si può ragionare con quel bastardo. Se pensi che ti lasceremmo avvicinare anche solo di qualche metro a lui, allora non sai proprio nulla di nessuno dei tuoi mariti.»

Nei suoi occhi scuri bruciava una fiamma buia. Una determinazione che non era rivolta *a* me, ma che era *per* me.

«Sto... sto giusto cominciando a capirlo,» risposi. «Il nostro matrimonio, io l'ho voluto perché avevo *bisogno* della vostra protezione.»

«Se pensi che rinunceremo a te adesso perché Ralph ormai è in prigione-»

Interruppi le parole di Tyler. «No. È proprio questo il punto. Vi ho sposati così che poteste salvarmi, ma voglio restare con voi perché questo,» agitai una mano tra di noi. «Questo è molto di più.»

«Anche tu ci hai salvati, dolcezza,» ammise Xander.

Mi accigliai. «Come potrei salvarvi? Guardatevi entrambi. Non avete bisogno di essere salvati.»

Quell'idea mi faceva ridere.

Xander mi prese in braccio e si sedette sul letto tenendomi in grembo, con la testa infilata sotto il suo mento. «Sei così coraggiosa. Così forte. Io?» Mi strinse leggermente. «Non così tanto. Ho permesso a ciò che mi è accaduto in passato di influire su di me, in maniera crudele, di rendermi amareggiato e infelice. Ero contento di vivere al ranch lontano dalle persone.»

«Era decisamente scorbutico,» aggiunse Tyler. Venne ad inginocchiarsi davanti a me. «Non è più così scontroso adesso, vero, piccola?»

Un angolo della bocca di Tyler si sollevò verso l'alto ed io sorrisi. «È ancora autoritario,» ammisi.

Xander mi fece chinare così che lo potessi vedere. Il suo

volto, per quanto pieno di spigoli, non era... arcigno come anche solo un paio di giorni prima. Gli si vedeva chiaramente negli occhi che non era più tormentato.

«Ti piace quando sono autoritario.»

Deglutii, ripensando a tutti i modi in cui lo era. «Sì, mi piace.»

«Per quanto riguarda me, dolcezza, io sono cresciuto con due padri. Mi hanno abituato a questa usanza e volevo condividere una moglie. Non avevo un fratello con cui farlo, ma Xander è diventato tale per me. Non un fratello di sangue, ma un legame molto più forte.»

Abbassò lo sguardo ed io vidi un po' della sua sicurezza vacillare. «Vi vedo insieme, voi due, come tu reagisci al suo tocco, ai suoi comandi. Io non sono così.»

«Non mi servono due mariti così. Xander basta e avanza in quel senso, fidati.»

Xander abbassò la testa e mi baciò, un breve sfioramento di labbra. Fu più un modo di stuzzicarmi che altro. Mi rimise seduta e mi strinse di nuovo a sé prima che potessi anche solo pensare di chiedergli di più.

«Voi vi bilanciate. Bilanciate *me*.» Sollevando una mano, accarezzai la guancia di Tyler. «Io vi voglio entrambi. Ho *bisogno* di voi.»

«Hai detto un'altra cosa al piano di sotto. Rimpiangi quelle parole?» Il corpo di Xander si irrigidì sotto di me, timoroso che potessi rimangiarmi i miei sentimenti.

Mi ricordai delle parole di Roger: per quanto fossero entrambi grandi, grossi e coraggiosi, avrei potuto ferirli con poche parole. Il potere che avevo era quasi pericoloso.

Mi divincolai dalla presa di Xander e mi voltai per mettermi in piedi di fronte ad entrambi. Presi la mano di Xander, poi quella di Tyler. «Non posso davvero dire di sapere cosa sia l'amore. Be', non l'ho mai *saputo*. Ciò che provo per entrambi voi è... è fantastico. Spaventoso. Potente. Io direi che è amore.»

Tyler mi attirò in un abbraccio. Dal momento che era ancora in ginocchio, piegò il mento per sollevare lo sguardo su di me. «Piccola, anch'io ti amo.»

«Non dimenticatevi di me,» aggiunse Xander, voltandomi verso di lui. Io gli presi la mandibola, sentendo la sua barba morbida sotto il palmo della mano. «Sei esattamente ciò di cui non sapevo di avere bisogno. Ti amo.»

«È il momento, piccola. È il momento di dimostrarti come può essere. Entrambi noi, insieme.»

17

MILY

Mi si contrasse la figa alle sue parole.

«Abbiamo allenato il tuo culo,» aggiunse Xander. «Riesci a prenderti il plug più grande in una maniera così bella. Sei pronta per avere il mio cazzo nel culo.»

«Ti riempiremo tutta, piccola. Entrambi nello stesso momento. Lo vuoi?»

«Vuoi farti prendere da entrambi i tuoi mariti?» proseguì Xander. «Ci unirai. Sei tu che ci rendi una famiglia.»

C'era un'unica risposta. «Sì,» risposi senza fiato.

Fu tutto ciò che dovetti dire prima che le loro mani si posassero su di me, sbottonandomi l'abito, estraendomi le forcine dai capelli, spogliandomi del tutto, proprio come avevano messo a nudo le mie emozioni così da potermi vedere tutta.

Quando rimasi in piedi di fronte a loro, coi capezzoli

duri e la mia eccitazione a bagnarmi le cosce, mormorai, «Anch'io voglio vedervi.»

Tyler sogghignò, le mani che correvano ai bottoni della sua camicia. «Vuoi che rimaniamo nudi anche noi, piccola?»

Io annuii e mi leccai le labbra, mentre guardavo il suo ampio petto scoprirsi, un bottone alla volta.

Si tolsero i vestiti con una fretta spietata fino a quando non si trovarono deliziosamente nudi di fronte a me. Il corpo di Xander era così profondamente abbronzato e con una spruzzata di peli scuri. Il suo uccello si ergeva spesso e duro dal suo corpo, curvando verso l'alto per andargli a toccare l'ombelico, una goccia della sua eccitazione che gli colava lungo la punta stondata.

Tyler era più esile, tuttavia i suoi muscoli erano ancora più definiti di quelli di Xander. Il suo petto era liscio, senza un pelo, i capezzoli piatti e scuri. Il suo ventre era piatto e ben scolpito. Mi prudevano le dita dalla voglia di accarezzare quei muscoli tesi. Anche il suo cazzo era lungo e spesso e puntava dritto verso di me, impaziente di infilarmisi dentro.

«Sei pronta per noi?» mi chiese Xander.

Mi leccai le labbra. «Sì,» sussurrai.

«Fallo vedere ai tuoi mariti,» aggiunse lui.

Mi accigliai. «Come?»

«Toccati la figa. Brava ragazza. Sei bagnata?» Tyler parlava, mentre facevo come mi diceva.

Sussultai nel sentire la mia pelle calda, impaziente di venire toccata, palpata. Presa.

«Facci vedere,» aggiunse.

Sollevai le dita così che potessero vedere la mia eccitazione ricoprirne abbondantemente la punta.

Xander emise un verso profondo nel petto. «Sali sul letto.»

Lo superai e salii al centro del letto, sdraiandomi sulla schiena. «Allarga le gambe per me, dolcezza. Sai quale parte di te desidero.»

Piegando le ginocchia, posai i piedi sulle coperte morbide e allargai le gambe. Lo sguardo di entrambi gli uomini si concentrò sulla mia figa, nuda, bagnata e gonfia per loro.

«Vuoi leccarmi la figa,» gli dissi.

Con un piede sul letto, Xander si inginocchiò, poi si abbassò così che le sue spalle mi allargassero ancora di più le gambe. «Cosa vuole Tyler?» mi chiese, il suo fiato caldo che mi colpiva tra le cosce.

«I miei seni.» Avevo la voce esile e flebile.

«Esatto, piccola.» Tyler fece il giro del letto e si spostò così da potermi prendere un seno in mano e cominciare ad accarezzarne il capezzolo con il pollice.

I miei muscoli si rilassarono ed io chiusi gli occhi, dedicandomi semplicemente a sentire le mani e le bocche degli uomini su di me. Mi toccarono ovunque, la mia pelle che si risvegliava e formicolava ovunque passassero. I miei capezzoli si indurirono all'inverosimile, il doloroso piacere delle dita di Tyler che li pizzicavano e li strattonavano, la sua bocca che li placava subito dopo. Xander fu così delicato, quasi crudele, sfiorandomi a malapena il clitoride con la punta della lingua, passandoci accanto, attorno e sopra. Le sue dita non mi affondarono dentro, ma si limitarono a sfiorarmi l'apertura in circolo. Io contrassi i muscoli, ma lui non mi diede nulla attorno a cui stringermi.

Mi stavano stuzzicando, senza alcuna pietà. Invece di portarmi ad un rapido orgasmo – sembrava piacergli vedere la prova delle loro abilità sul mio corpo – mi portarono su, sempre più su. Mi si inspessì il sangue, mi si mozzò il respiro, la pelle mi si ricoprì di sudore. Mi stavano facendo impazzire. Sapevo cosa volevano, che mi dimenticassi di tutto e sentissi soltanto, mi limitassi a reagire a loro. Presto avrei avuto entrambi i loro cazzi a fondo dentro di me e volevano che fossi pronta. Trepidante. Bramosa.

Tyler si spostò così da sdraiarsi sulla schiena accanto a me. «Salimi sopra, piccola.»

Xander mi aiutò a sollevarmi su Tyler così che mi trovai a cavalcioni su di lui. Con una mano alla base del cazzo, Tyler si tenne fermo mentre io mi dimenavo e mi muovevo così che mi scivolò dentro facilmente, in un'unica spinta. Mi riempì del tutto quando le mie cosce si posarono sulle sue.

Non potei impedirmi di gemere visto come mi riempiva. Andò a scontrarsi con l'ingresso del mio utero con una leggera traccia di dolore. Sfruttando le ginocchia, mi dimenai e mi sistemai per accoglierlo tutto.

Le mani di Tyler si posarono sui miei seni, prendendoli e giocandoci, mentre cominciavo a cavalcarlo. Mi mossi in cerchio e mi alzai e abbassai su di lui, sfruttando il suo cazzo per il mio piacere. La punta stondata andava ad accarezzare dei punti sensibili a fondo dentro di me, facendo montare quella sensazione bruciante. Lasciai cadere all'indietro la testa, i capelli che mi solleticavano la schiena.

«È così bello, Tyler. Ci... ci sono così vicina.»

Sussultai quando Xander mi mordicchiò il punto in cui spalla e collo si univano. «Non ancora, dolcezza. Ricordati che siamo noi a controllare il tuo piacere.»

Tyler ritrasse le mani dai miei seni. Li sentivo gonfi e sensibili e anelavano il suo tocco.

«Dammi un bacio,» mi disse. Io mi chinai e lui mi strinse le spalle tra le braccia, una mano sulla mia nuca.

La lingua di Tyler affondò nella mia bocca, scivolandone dentro e fuori proprio come il suo cazzo si stava muovendo nella mia fessura stretta. Ero circondata, sopraffatta da lui. Eravamo uniti.

Una mano grande mi accarezzò la schiena e scese più in basso, sulle mie natiche e tra di esse, sfiorando il mio ano. Trasalii, ma sentii la voce di Xander tranquillizzarmi, mentre Tyler cominciava a spingere i fianchi contro di me, a baciarmi.

Adori quando gioco col tuo ano vergine. Vieni così forte per noi.

Mi tranquillizzai, ascoltando le sue parole, sentendo il suo tocco delicato. Percepii qualcosa di freddo e umido ricoprirmi l'ano, facendo scivolare facilmente il suo dito all'interno.

«Quello è il librificante, dolcezza. Ti bagnerò per bene, proprio come quando ti riempiamo con i plug di allenamento. Questo è un dito. Cazzo, donna, me lo stai stringendo così forte.» La voce di Xander assunse quella qualità che mi piaceva.

«Anche la sua figa mi sta strizzando il cazzo,» esalò Tyler.

Abbassai lo sguardo su di lui, vidi una goccia di sudore scivolargli lungo la tempia. Aveva la mascella serrata ed era chiaro che si stesse trattenendo, mentre Xander cominciava a preparare il mio ano.

Quando sentii le sue dita scivolare via, poi la punta larga del suo cazzo premere contro di me, spalancai gli occhi e provai un istante di panico.

Tyler mi accarezzò i capelli con una mano. «Ssh, lascialo entrare.» Lo fissai, concentrata sul suo volto, mentre Xander si spingeva contro il mio ano, poi recedeva, e ancora e ancora. Accelerai il respiro e mi preoccupai che non sarebbe riuscito ad entrare.

Ero stata scopata col plug dentro di me, ma mai con due

cazzi. C'era una netta differenza di sensazioni, come se mi stessero aprendo in due. Feci una smorfia, poi trasalii quando Xander oltrepassò l'anello di muscoli con quello che mi sembrò uno schiocco silenzioso.

Ci fu una leggera sensazione di bruciore assieme al venire allargata e cercai di sgattaiolare via, ma non potevo andare da nessuna parte. Ero ben impalata su entrambi i loro cazzi. Il respiro pesante di Xander imitava i suoi movimenti, dentro, fuori, dentro, fuori, guadagnando sempre più terreno fino a quando non entrò del tutto.

«Oddio,» gemetti.

Xander era contro la mia schiena, i peli del suo petto che me la solleticavano. Tyler si trovava sotto di me. Entrambi i loro cazzi erano affondati dentro di me. Eravamo una cosa sola. Io ero quella che ci teneva insieme, non solo come una famiglia, ma in quel momento anche fisicamente.

Nulla si sarebbe frapposto tra di noi. Eravamo una cosa sola.

«È arrivato il momento di muoverci, piccola,» mormorò Tyler. Lanciò un'occhiata oltre la mia spalla e rivolse un silenzioso cenno del capo a Xander. Tirò indietro i fianchi, il suo uccello che scivolava fuori quasi del tutto dalla mia figa prima di ricominciare a entrarvi. Quando lo fece, Xander si ritrasse, il suo uccello che mi sfregava a fondo nell'ano, infiammandolo. Nervi e piaceri che non avevo mai nemmeno saputo che esistessero presero vita con le sue oscure carezze. Mi lavorarono in tandem, uno che scivolava fuori mentre l'altro mi riempiva. Ancora e ancora mi scoparono in alternanza fino a quando non fui persa. Non mi era rimasto un singolo pensiero coerente, solo sensazioni. Solamente il piacere e una sensazione profonda, inebriante che prendeva vita grazie ai loro cazzi abilissimi.

Artigliai il letto mentre il mio corpo si spostava contro

quello di Tyler, i miei capezzoli che sfregavano contro il suo petto sudato. Le sensazioni si radunarono in un unico punto tra la mia figa e il mio culo. Si accumularono sempre di più, diffondendosi in tutto il mio corpo. Le dita delle mani mi formicolarono, quelle dei piedi persero sensibilità, i muscoli mi si tesero mentre il respiro mi si mozzava in gola. Mi raggelai, intrappolata tra i miei uomini che mi scopavano, i loro cazzi che mi spingevano all'orgasmo.

Non si trattava di una leggera pressione come quella che poteva applicare Xander con la punta della lingua sul mio clitoride. Non si trattava di un morso deciso come quello dei denti di Tyler sulla punta dei miei capezzoli. Questi erano loro che rivendicavano tutto il mio corpo. Avrei urlato se non mi fosse rimasto incastrato quel verso nella gola, le sensazioni che mi scorrevano nelle vene con una tale potenza che non potei fare altro che afferrare con forza le lenzuola per aggrapparmi a qualcosa.

Loro non smisero di muoversi mentre venivo. In effetti, mi scoparono con più forza, spingendosi dentro di me, sfregando il mio clitoride e costringendo l'orgasmo a durare sempre di più.

«Me lo sta strizzando. Non riesco a trattenermi,» esalò Tyler, un attimo prima di irrigidirsi sotto di me, trattenendo l'uccello a fondo e immobile dentro di me. Sentii il suo seme caldo pulsargli fuori, ricoprirmi la figa, riempiendomi fino all'orlo e fino a colare fuori attorno a lui.

Xander non cedette, ma mi mise una mano sul fianco, le sue dita strette sull'osso mentre si spingeva una, due volte più a fondo nel mio culo. Giuro che sentii il suo cazzo inspessirsi dentro di me un attimo prima che gemesse. Dentro l'ano, sentii i caldi fiotti del suo orgasmo.

Il rumore dei nostri respiri mozzati riempiva la stanza. L'odore muschiato di sesso riempiva l'aria. La nostra pelle era sudata e umida, la mia figa appiccicosa del seme che mi stava colando fuori.

Finalmente, finalmente, Xander allentò la presa e scivolò cautamente fuori da dentro di me. Io sibilai, quando mi allargò un'ultima volta, poi sentii il suo seme colarmi fuori. Le mani di Xander sulla mia vita furono ciò che mi sollevò da Tyler, tirandomi via dal suo pene sfinito. Ero troppo soddisfatta per muovermi, troppo sopraffatta. Tyler scese dal letto e tornò con un asciugamano caldo. Entrambi i miei uomini mi tennero le gambe aperte mentre Tyler mi puliva, quel tocco delicato che mi leniva la pelle sensibile.

«Come ti senti?» mi chiese Tyler, sollevando lo sguardo dalla mia figa.

Non potei impedirmi un sorriso stupido. «Ben scopata,» risposi. «I miei mariti sono i più attenti.»

Tyler sogghignò. «Saremmo felici di dedicarti presto di nuovo le stesse attenzioni.»

«Sei stata meravigliosa, dolcezza, a prenderci entrambi.» Xander mi tirò su il lenzuolo. «E noi che pensavamo che fossi una sposa riluttante.»

«Forse all'inizio,» commentai io, ripensando ad appena un paio di giorni prima. Erano successe così tante cose, erano cambiate così tante cose in così poco tempo. Non ero più la vedova ferita e spaventata. Ero di nuovo una sposa. «Ma non sono più vergine. Siete stati entrambi i primi per me.»

Entrambi incombevano su di me, i loro visi – uno chiaro, uno scuro – che mostravano dolce attenzione e amore.

«Sì, ci siamo presi il tuo culo vergine, proprio per bene,» disse Xander.

«E ti abbiamo presa insieme,» aggiunse Tyler.

«Rimane solamente una cosa,» dissi io.

Entrambi si accigliarono. Sollevai le mani e le posai su entrambe le loro guance.

«Un figlio,» dissi loro.

Entrambi sorrisero radiosi. «Se non sei troppo indolenzita, ci pensiamo subito.»

L'idea di fare un bambino dai capelli scuri o una bambina dai capelli chiari ammorbidiva il mio corpo, bramoso di loro.

«Sì, vi prego. Subito,» risposi, allargando le gambe, per nulla riluttante.

ISCRIVITI ALLA NEWSLETTER

Unisciti alla mailing list per essere informato per primo su nuove uscite, libri gratuiti, premi speciali e altri omaggi dell'autore.

http://vanessavaleauthor.com/v/db

L'AUTORE

Vanessa Vale è l'autrice bestseller di USA Today di oltre 50 libri, romanzi d'amore sexy, tra cui la famosa serie d'amore storica Bridgewater e le piccanti storie d'amore contemporanee, che vedono come protagonisti ragazzi cattivi che non si innamorano come gli altri, ma perdutamente. Quando non scrive, Vanessa assapora la follia di crescere due ragazzi e cerca di capire quanti pasti può preparare con una pentola a pressione. Pur non essendo abile nei social media come i suoi figli, ama interagire con i lettori.

 facebook.com/vanessavaleauthor

 instagram.com/iamvanessavale

TUTTI I LIBRI DI VANESSA VALE IN LINGUA ITALIANA

https://vanessavaleauthor.com/book-categories/italiano/

www.ingramcontent.com/pod-product-compliance
Lightning Source LLC
LaVergne TN
LVHW011834060526
838200LV00053B/4016